| 当代中国小说榜 |

海风吹山城

王斌义 著

中国文联出版社

图书在版编目（CIP）数据

海风吹山城 / 王斌义著. -- 北京：中国文联出版社，2018.11（2023.3 重印）

ISBN 978-7-5190-4005-5

Ⅰ.①海… Ⅱ.①王… Ⅲ.①长篇小说—中国—当代 Ⅳ.①I247.5

中国版本图书馆 CIP 数据核字（2018）第 249200 号

著　　者　王斌义
责任编辑　刘　旭
责任校对　茹爱秀
装帧设计　中联华文

出版发行　中国文联出版社有限公司
地　　址　北京市朝阳区农展馆南里 10 号　　邮编　100125
电　　话　010-85923025（发行部）　　85923091（总编室）
经　　销　全国新华书店等
印　　刷　三河市华东印刷有限公司

开　　本　880 毫米×1230 毫米　1/32
印　　张　6.75
字　　数　157 千字
版　　次　2023 年 3 月第 1 版第 2 次印刷
定　　价　58.00 元

目 录

第一章　潮起

一

大山挡不住东升的太阳，遮不住皎洁的月亮。1992年，国家加快改革开放步伐，经济建设生机勃勃，在市场经济大潮的冲击下，地处秦巴山区的武当市出现了繁华兴盛的景象：汽车市场欣欣向荣，经济实力雄厚，跻身全国大中城市五十强，人均国内生产总值排名第六位、城市综合实力居全国第二十二位，是闻名全国的汽车城，享有中国“底特律”之美称。

武当市位于鄂、陕、渝、豫四省交界处，自古有“南船北马，川陕咽喉，四省通衢”之称。武当市在山谷中呈瓜藤状延伸，神定河从城区蜿蜒流过，像一条玉带，直通汉江。武当市“因车立市”，二十多年前，武当市还是一个小山村，北有武当山，南有神农架，俗称“九山半水半分田”，意思是说垒起十道大堰才能开出地来种。因为国家“三线建设”，1969年9月28日在这里建设第二汽车制造厂，人们炸掉山岭，搬走石头，填塞了十个大堰沟，赶走了豺狼。1975年6月，东风二点五吨越野车投产；1978年7月，东风五吨载重汽车投产。1986年，第二汽车制造厂建成了年产十万辆汽车的生产能力，东风牌汽车红遍大江南北。武当市“以车兴市”，市区人口增长至五十多万，一座国家级中等城市仿佛一夜间就从武当山脚矗立。

春夜子时，武当市车城大学的校园万籁寂静，街灯忽明忽暗，车城大学经济管理学院教师陈时从梦中醒来。

金戈铁马交战急，
春风呼啸似雷鸣。
夜半惊醒苦失眠，
梦断武当望天明。

陈时刚才做了一个梦，梦境很清晰。整个宇宙无边无际，银河系的星球正在发生瞬息的变化，流星从天际划过，在天边划出一条白白的痕迹，很快消失了。地球高速旋转，大气层变得越来越热。外星人来了，长得古里古怪，十分丑陋。一会儿，千年神龟从武当山爬出，银蛇飞舞，龟蛇在武当山的上空斗球。

陈时被梦境困扰，难以入眠，他抚今追昔，回顾了自己的过往。

波光粼粼花争妍，
芳草萋萋绿校园。
农家子弟衣衫单，
戴月涉水上学堂。
啃咸菜拌白米饭，
住陋室自带床板。
蚊虫叮咬安之素，
寒风刺骨学不倦。

陈时1955年出生在平原农村，贫穷的生活从小给了他吃苦耐劳的性格。1978年陈时考上了大学，1982年大学毕业，被分配到车城大学，他在武当市工作满十年了。

1992年开春，全国兴起“淘金热”“下海潮”，处处流传着“十亿国人九亿商”。武当市东西方向延伸，围绕车城汽车公司销售部两公里内有几百家经营汽车整车、配件的公司。武当市“下海”成风，许多职工停薪留职。以往平静的校园也不安宁，教授卖烧饼、摆地摊。连学生娃也骚动不安，课余推销商品，“大一推销方便面，大二推销明信片，大三推销BP机，大四推销我自己”，这首打油诗是学生的真实写照。

车城大学许多老师的职称问题没有解决，陈时工作十年才评上讲师职称，工资收入与职称挂钩，因此陈时收入不高，家庭经济困难。“身为大学老师，连自己都快养不活了，我的人生价值体现在哪里？我怎样才能富裕起来？”陈时晚上无法入眠，当晚就给学校写了辞职报告，并赋诗一首以表心志：

天高云淡石破天，
改革风吹武当山。
海潮漫涌汉水畔，
困龙踏浪拾海鲜。

二

武当市银海饭店，二十八层的高楼高耸云天，从最顶层的旋转餐厅可以俯瞰武当市全景。楼前停放了几排高档轿车，牌子一个比一个响亮，仿佛在炫耀主人的阔气。室内，花岗石地板让你陡然挺直腰杆，各种装饰材料让你飘飘然。从这里进出的先生、贵妇都有一种旁若无人、藐视一切的神态。

车城大学青年教师刘深沉头脑聪明、身材高大，他爱好音乐，常在宿舍弹吉他。他上大学时，受西方思潮影响极深，认为人生就是享乐，就是一场游戏。刘深沉父亲刘志成是当地政府的领导，母亲是当地政府部门的干事，他从小养尊处优，生活优越感十足。

刘深沉在大学读书时，很少用功学习，好在学校实行计划分配，他被分配到车城大学。在教学之余兼职做生意，倒卖钢材和汽车。刘深沉购买了手提电话“大哥大”，他的 BP 机也由市内联网升至全国联网，派头十足。

这次倒卖汽车，刘深沉做成一个大单，他的生意伙伴为了感谢他，主动请他到旋转餐厅喝酒。

“哥们儿，做成这一单生意，还当什么孩子王，下海吧。”

“听你的，辞职！”刘深沉当即决定听朋友的忠告，辞职下海。

酒后，刘深沉和朋友到十九层的歌舞厅消费。歌舞厅四周是高档豪华沙发，供应洋酒和各种饮料。《喀秋莎》乐曲一响，只见八个高大丰腴的俄罗斯小姐跳起舞来，她们披着各色风衣，穿着黑色丝袜，灵活旋转、跳跃，用舞步表达音乐内涵。苏联解体，俄罗斯经济一时间陷入萧条，几位俄罗斯女孩到中国打工。

刘深沉在歌舞厅被俄罗斯小姐撩拨得全身发热，他的朋友知趣地把他请到二十三层按摩室，女性身上的芳香沁人心脾，偶尔说说笑笑，放松心情。服务小姐不愧是按摩高手，柔软灵巧的双手按摩着他身上的穴位，先按摩背部，轻轻地捶打他的肩膀；接着，把他的身子翻转过来，熟练地按摩他的肚子、双手，她揉着、搓着，令他周身十分舒服。

刘深沉又想到了妻子李芳娜。刘深沉和李芳娜是 1989 年结的婚，洞房花烛之夜，泪水在李芳娜脸上流淌，刘深沉在巨大的震颤中体会到她的纯情。李芳娜是医生，看似冷漠，实际上有一颗温暖善良的心，也许是和病人接触的多，她对富贵、财富看得很淡。刘深沉兼职做生意，李芳娜是一直反对的。

在刘深沉的心里，还有一种缺憾，结婚快三年了，李芳娜一直没有给他生孩子，有一个孩子自然流产了。

“我们要一个孩子吧？”

“再过半年，等我函授本科文凭拿到手以后，我们就生。”

“你说我们的孩子像谁？”

“像你，也像我。”

“像我的眼睛、皮肤，像你的鼻子、长相、身材，他要好好学习，将来做一个有出息的人。”

刘深沉似睡非睡，梦里正和李芳娜憧憬着未来，服务小姐把他叫醒了，“先生，我到钟了”。

三

欧阳珍四十岁刚出头，她是湖北郧县人，一方水土养一方人，汉水滋养着欧阳珍，造就了她迷人的身段、白嫩的肌肤和精致的五官。虽说她已经步入中年，但风韵犹存，胸脯仍然高挺，从她的脖子看去，就像白色瓷器一般光滑细腻，可以想象她的胴体像年轻少女一样迷人。虽然小腹已经凸起，显出怀孕状的肉感，但是高挑的身材弥补了这一缺憾。

欧阳珍的丈夫是市政府主要领导，车城大学校长对欧阳珍也十分青睐，欧阳珍有幸坐上经济管理学院第一把交椅，当上了经济管理学院正院长。她自认为不适合当领导，她最大的理想是教书，或者在夕阳西下的时候安详地散步、打太极拳。

欧阳珍接到陈时和刘深沉的辞职报告，这是她担任经济管理学院领导以来的第一件大事，教师辞职，一时间没有人上课，是棘手的问题。这几天她正酝酿新领导班子施政纲领与工作计划，想不到陈时和刘深沉突然辞职。

当年，欧阳珍与陈时一同来到车城大学，她对陈时比较了解，他为人正直，工作兢兢业业，怎么会想辞职呢？欧阳珍决定把陈时的报告压下来，等和陈时谈话后再决定处理方案。至于刘深沉，平时吊儿郎当，欧阳珍没有太意外。

俗话说“新官上任三把火”，看你怎么烧头把火。她知道，全院上下几十人等着她、盯着她。平时，除了坐班的干事在学院办公室外，其他教师很少到学院办公室。但是最近教师们常不自觉地聚在一起，以看报纸杂志的名义观察学院动静。

老院长的行政职务卸任了，仿佛不适应没有官帽的日子，在几个部门乱串，人们敷衍着他，以前对他阿谀逢迎的人对他爱理不理，令他感到十分无趣。副院长吴宽没有露面，他的竞选核心人物则聚在一起密谋着什么，更多的人则在晚上加紧活动。互相串门的人明显多了，只有几个单身教工无忧无虑，快乐地打牌，消磨时光。

欧阳珍回到家里，她的丈夫是政府官员，最近出差了；孩子上学了；保姆买菜去了；家里是安静的，但是欧阳珍感到她的心跳得厉害，头昏脑涨的，她觉得四面八方吹来的超强风暴向她袭来，把自己挤压、冲撞，然后抛到无垠的荒漠。

有人说，欧阳珍就是靠市政府做官的老公才有了今天的高位。欧阳珍不想成为丈夫的一个符号，她觉得不自在。世人都说女性担任领导干部只能是副职，女性智商比男性低，欧阳珍不服这论调，几十年的磨炼，养成了她不服输的性格。

正所谓：

巍巍山峰一柱天，
皎皎月色似我心。
同志情谊盘根错，
革命事业共谋定。

四

一颗丹心化碧血，
满腔悲愤冲红日。
年近不惑求伯乐，
飞马困窘望天阔。

吴宽本想一步跨到正职的位置上去，却被任命为经济管理学院副院长，他很生气，认为欧阳珍抢了他的位子。

吴宽的老家在深山沟里，白云仿佛在头顶飘，每家每户只有巴掌大的一点土地，收获的庄稼往往从山腰往下滚。吴宽是个苦出身，参军复员后回家务农，因为表现积极，通过生产队推荐上了工农兵大学。在上大学时，他的勤奋和聪颖吸引了出身富贵的女同学方南兰。两人大学毕业后被分配到武当市，方南兰在企业工作，吴宽去了车城大学。

结婚后，方南兰最不喜欢回吴宽的老家，山道的颠簸令她头晕、呕吐，也吃不惯婆家的菜，最令她难以接受的是露天厕所，苍蝇横飞，充满恶臭。

方南兰也讨厌吴宽老家的亲戚，以往要是老家来了亲戚，她不是摔盆，就是打碗，她脸上皮笑肉不笑，给亲戚难堪，让吴宽心寒。方南兰总瞧不起他们，不是嫌弃他们脏，乱吐痰，就是嫌弃他们穷，没有志气。

吴宽曾经兼职开了一家名片打印社，但由于门槛低，进入行业的人多，吴宽没有赚到多少钱。后来国家承认非学历教育，吴宽利用业余时间办了四个自费性质的自学考试成人教育培训班，请人帮忙招生、收费，聘请教师兼职辅导，每年的额外收入很高。

这几天，方南兰出差，吴宽家里来了两个亲戚，其中一个是吴宽的侄子，小伙子长得挺高，就是脸被晒得挺黑。他们说是来武当市打工的，请吴宽帮忙联系工作，吴宽想：山沟里也吹进了商品经济的风。

吴宽很难帮他们联系工作，就让他俩因地制宜，跑茶叶生意。山里的茶场绿满眼，每年采茶的农妇都忙坏了。吴宽建议他们低价收购茶叶后到武当市里卖，从流通中获取利润。吴宽答应侄子，帮他们解决销售问题，两个小伙子佩服得五体投地："叔叔，我们山里人说你是一条飞龙，你真了不起！"

侄子的话多多少少让吴宽心里轻飘飘的，他回头一想，我是龙吗？在武当市，像我这样的角色成千上万，充其量，我是山里飞出来的小蛇而已。

五

欧阳珍决定和班子成员商量一下大事，谁是最合适的人选呢？她想，这个人必须是对学院人情世故熟悉的，公正处事，有事业心，确实想把学院工作做好的人，她想到了门佐。

门佐，副教授，学院党总支书记兼分工会主席，地道的湖北人，普通话里夹杂着浓厚的方言，他五十多岁，身体显得十分结实、健康，他从小爱好体育，经常锻炼身体，头发未秃顶，牙齿没有松动，眼睛没花。

晚上八点多，一曲优雅的电子门铃乐曲响起了。门佐打开门，客气地说："欧阳来了，快请进，请进。"

欧阳珍说："别客气，我来过好几次了。"

接着欧阳珍就和门佐夫妇聊了一会儿家常。门佐的爱人进了里屋，欧阳珍就切入正题："门老师，我是诚心来请教的，如何把学院的工作抓起来？您是老同志，经验丰富，我得靠您的支持与帮助。"

门佐问："你心里有谱了吧？"

欧阳珍回答："我就是来征求您的意见的。"

门佐喝了一口茶，猛吸一口烟，沉思片刻，便说："这个问题，我想过，我觉得搞好学院的工作，用八个字概括——大处放眼，小处放手。"

欧阳珍问："您详细谈谈。"

门佐回答："所谓大处放眼，就是管理战略，比如工作计划、人事调动，协调几个副院长的关系；小处放手，就是给系部层面的干部放权，发挥他们的主观能动性。”

欧阳珍看着门佐的眼睛。

门佐问：“欧阳，你知道学院职工最关心的是什么？”

他自问自答：“一是钱，二是稳定。”

欧阳珍确实有领导天才，她懂得在关键时刻虚心纳谏、兼听则明的道理，“说具体一些”。

门佐回答：“从钱的角度，咱们学院小金库有十万元左右，除了提供教学科研奖励基金外，还应该有部分福利基金，这十万元涉及教职利益。从稳定的角度，建议在系部一级机构皿不要大的调整，维持原来的干部配备不变。有人说吴宽爱整人，你要把好关，协调好。还要团结中间派，处理好与吴宽、杨令虎的关系。”

欧阳珍又提到陈时和刘深沉：“陈时和刘深沉，递交了辞职报告”。

门佐主动提议：“我俩分工，我找陈时谈，你和小刘谈。”

欧阳珍顿时觉得眼前一亮，这个平时嘻嘻哈哈的人心里装了不少，可见人不可貌相，欧阳珍怀着感激的心情离开了门佐的家。

六

傍晚，在武当市银海饭店最顶层的旋转餐厅，车城大学经济管理学院新一届领导班子宴请全体教职工，六十多人分布在旋转餐厅的不同位置，随着旋转餐厅的转动，一边吃饭一边欣赏武当市夜景。

窗外，城市灯火交相辉映，商场酒店林立，车水马龙，热闹非凡，远处河水波光粼粼，树木在灯光的映照下散发着祥和的光芒。东风牌汽车停放在街道旁、公共食堂边、体育场、医院的操场上，从广州、深圳、上海等地涌来的大批商人，仿佛要挤占武当市的每一个角落。

晚八点，酒宴进入高潮。副院长吴宽满脸通红，喝得像关公；党总支书记门佐与副院长杨令虎尽量克制自己；欧阳珍一边喝茶，一边观察酒席的态势。教职工比较含蓄，有什么恩仇一般不会写在脸上，但喝酒失态，谁也说不准会张嘴把矛盾喷发出来。

欧阳珍不失时机地结束酒宴，召集教职工到包场的卡拉 OK 舞厅，人群按照平时的关系三三两两坐在包间的茶几边，吃饱喝足，喝喝茶除除油腻。

以青年教师刘深沉为首的几名音乐爱好者唱了几首歌，同事们跟着哼唱，气氛活跃起来。舞会开始了，全院有三十多位女同胞，男女比例相当，舞会办得热闹，只是优雅的华尔兹被颠三倒四的醉鬼跳得像“跳大神”，布鲁斯的热情奔放则被疯狂与瞎蹦代替。

刘深沉请欧阳珍跳舞，刘深沉年轻，跳舞热情奔放。

刘深沉问：“院长，我写了辞职报告，您意下如何？”

欧阳珍答道：“等我们领导班子讨论后决定。”

吴宽请女同事跳舞，他酒喝多了有点失态，把对方的手捏得很疼，搂得有点紧，酒气把她熏得想吐，她忍不住轻轻地说：“注意风度。”

党总支书记门佐利用大家跳舞狂欢的时机，在歌舞厅一角与陈时谈心。

“陈时，咱们谈谈。”

陈时以为门佐是以组织身份谈话，他有些抗拒。

门佐说："咱们私下聊天，随便些。"

陈时与门佐的私交不错，门佐挑明立场后，陈时也就放松了。两人聊了一会儿家常后，门佐问："听说你打了辞职报告，下海的风险不小，如果失败了，你的家庭不就更困难了？"陈时的爱人张雅芝，是当地某工厂的机械加工工人，他们的女儿兰娟在上学。

"走一步，看一步吧。"陈时长叹一口气，伤感地说。

门佐劝解道："知识贬值，是暂时现象。再过几年，知识的价值会得到尊重，知识分子会找到适合自己的位置。"

陈时有点激动："我们著书立说，要自筹资金出版发行，而且有几人真正读我们写的书？门老师，我这次豁出去了，要赶一次时髦，下海经商，自己闯一条路来。"

门佐是学校的中层领导干部，他的爱人有固定工资，孩子上了大学，他不想下海经商，想继续做学问，他没有更有力的论证来说服陈时，只好说："那你好自为之，在商海多保重。"

舞会在突如其来的风雨中结束了。风雨凉胃，酗酒的职工们开始呕吐，把街道、专车与自身的衣服弄得污秽不堪。欧阳珍和门佐用心良苦，本想通过宴会与歌舞晚会把教职工的心凝聚起来，但是一场风雨把人心吹得七零八落，教职工们晕乎乎地各自回家了。

第二章　下海

一

残阳已经隐藏到武当山下，武当市笼罩着一层薄雾。

陈时的家里布置得挺温馨，淡淡的煤气味和着炖鸡、爆炒肉丝的香味，让陈时酒兴大发。陈时坐在餐桌上，老婆孩子陪着，他抿着平时自制的药酒，嚼着爱吃的小菜，但心里却涌现出巨大的失落感。

陈时的辞职手续已经办好，近两个月来，陈时求了学校的大小“神圣”，最后捧回一张辞职书。站了十年讲台，现在离开那些对知识如饥似渴、眼睛里闪着智慧光芒的学生，舍弃了凝结自己汗水的备课本，心里感觉空荡荡的。

陈时的辞职在学院引得众人纷纷议论，

“海浪大，海风紧，海水把你淹死咋办？！”

“老陈没有当上官，所以才辞职。”

“陈老师不在乎当官，他是因为没有评上副教授。”

“他八成脚了！”

陈时的爱人张雅芝坚决反对他辞职，她说：“教师这碗饭多好，工作稳定，假期长，比啥都强！”

陈时说："舍不得孩子套不住狼！"

商流大潮滔天狂，
海风呼啸动地响。
踏平波涛奋发强，
浪淘沙尽黄金亮。

陈时烧了自己的书稿和论文，他用经济学"风险等于超额利润"的原理来安慰自己。

吃完饭，陈时到校园散步，路还是那几条老路，柏树依旧挺拔，树下长凳上依旧坐着谈情说爱的学生，但是陈时感到路灯昏暗，每走一步都要格外小心。夜深了，山里露水足，腿上感到阵阵凉意。陈时心想：我要走出灿烂，走向辉煌，走得不愧后半生。

第二天，陈时就到山鹰汽车联合贸易公司报到上班了。

山鹰汽车联合贸易公司成立时间不长，总经理原是车城汽车公司某职能部门的副处长，姓金名求言。营业执照上注明：法人实体、集体所有制、注册资金九十万元，经营范围有汽车、汽车配件、建材、化工原料等。公司的营业地址设在廊阳饭店一层的两个房间。

一个月以前，陈时通过深圳同学的关系给总经理介绍了一笔价值九十万元的汽车整车生意，总经理对陈时的到来十分客气，当天就吩咐秘书给陈时配备了 BP 机，给了陈时一张独立的办公桌，封了一个头衔：销售部门经理，并让秘书给陈时印了名片。

公司一共七个员工，除了总经理、总经理助理、秘书和陈时外，还有三名业务员。陈时和三名业务员在一个办公室，办公室里挂着各种型号的东风汽车及汽车零部件彩图，办公桌上摆着两部电话，一部长途直拨电话，一部市内电话，还有全国各地企业简介和邮政编码之类的名录。

三名业务员年约30岁，都是车城汽车公司的职工，办理停薪留职手续后到公司上班的。三个人跷着二郎腿、吐着烟圈，一副旁若无人的样子。他们傲慢自大，都吹嘘自己与车城汽车公司销售处的某某人关系如何铁，某个专业汽车厂厂长的儿子是他的同学，仿佛车城汽车公司的汽车都在他们的掌握之中。陈时心想：我走过的桥比你们走过的路还多，逞什么能？

业务员小张自称与总经理关系一般，但山鹰汽车联合贸易公司的成立，他立下过汗马功劳。他还说："什么是正品车，什么是水货车，我往它跟前一站，我就清楚了。"

陈时在学校里，平时接触的教师与员工都是温文尔雅，彼此见面客客气气，见这帮人盛气凌人，口吐脏话，他就像吃鱼不小心被鱼骨卡住了喉咙。

以前，陈时一个人在家里办公，任由思维的野马在大脑里飞驰；现在却电话不断，三个业务员指手画脚，他有点后悔："我下海对不对？我适应这份新工作吗？"

陈时下班回家，刚推开家门，客厅里站起来两位陌生人。

"你总算回来了，你深圳同学的两个部下等你已经一个下午了。"陈时的爱人嗔怪道。

"哦，请坐，请喝茶，请抽烟。"

陈时热情地打招呼，心想："说不准给我送财神来了。"

其中一个年长的开口了："陈总，我们是深圳达业汽车贸易公司的，我叫简战，他叫米宁，我们总经理派我们来提车。

上个月，我们公司与您介绍的客户签了合同，款已经打过来二十多天了，我们现在按合同约定来提车。”

“你们的合同与汇票呢？”

“给。”

陈时接过合同与单据，合同签章人是金求言总经理，收款单位是他以前所管辖的行政性公司—昌劳动服务公司。

“陈总，您是介绍人，请您看在我们总经理的面子上，帮帮我们的忙。”

简战继续说：“我们找到金昌公司，但负责人说和我们签约的金总经理已经辞职，我们的款项也已经被他转移，他们不负责。”

“金求言在搞什么鬼？他把我和同学给出卖了？是金求言原单位推卸责任吗？”陈时教了十几年经济学课程，自以为对经济规律已经弄得十分清楚，现在看来，经商门道大得很。

陈时是介绍人，不是合同当事人，对合同不承担法律责任，而且没有从中收到任何酬劳。但是书生意气对陈时起着巨大惯性，陈时把来人安排在招待所，又请他们吃饭。

“下海”的第一天就把陈时累得晕头转向、腰酸背痛，陈时很快就睡着了。但陈时这一觉睡得不踏实，不断地做着噩梦：洪水猛涨，陈时眼见妻子女儿让洪水冲走；他跑到山顶上，饿狼成群地向他扑来，他掉在悬崖之下昏死过去。陈时在梦中呼喊着、呻吟着……

二

欧阳珍强迫自己尽快进入领导角色,领导似乎应该是冷静、沉稳，思维缜密、有高度组织才能；她不能太婆婆妈妈，不能抓琐碎小事,不能太感情用事,这些原则把她的神经绷得紧紧的。

欧阳珍主持了新任领导班子的第一次会议，副院长吴宽坐在她的对面，党总支书记门佐与副院长杨令虎坐在她的两侧。欧阳珍布置了会议议题：新任领导班子的工作任务、工作计划与工作措施。

她列举了教学任务、科研规划、师资培养计划、机构设置、创收方案等具体工作，主张围绕教学任务开展。

欧阳珍话刚讲完，吴宽清了清嗓子讲开了："市场经济条件下，经济利益是第一驱动力，我们在维持日常教学工作的前提下，领导人的主要心思应该围绕如何创收来下功夫，上级部门只下拨那么一点钱，没有经费，我们搞不成科研，也不能改善教职工的生活。老院长的工作思路是对的，他在1989年就力主办自学考试培训班创收，虽然引起不少矛盾，但是给职工带来了好处。我认为，我们应该在创收方面大搞特搞，我们除了办各种培训班，还要办公司、办经济实体。我们是经济管理学院，就要把理论运用到实际，这也是为社会服务，抓教学实践嘛！"

门佐是党总支书记，他的讲话不痛不痒，目的是为了维护团结。

副院长杨令虎的科研课题经费紧缺，附和了吴宽的讲话。

孤掌难鸣，欧阳珍一时难以做出决策。在讨论了一些细节问题后，欧阳珍作总结："关于创收问题，请吴院长构思一个具体方案，我们下周在教研室主任以上干部会议讨论。"

欧阳珍查阅了学院小金库的账本，发现账目不清。群众对上一届领导在财务分配上的问题早有意见，有的还检举吴宽以学院名义在外办班，与省里的主办高校分成，却没有交给学院一分钱。

吴宽的事情，学校没有启动调查程序，欧阳珍只能睁一只眼闭一只眼。对小金库的事情，欧阳珍也是无可奈何，小金库是违法的，但是在现实生活中大量存在。

一周以后，经济管理学院新任领导班子扩大会议在学院办公室举行，与会者都是教研室主任一级以上的干部，会议室烟雾缭绕，把欧阳珍呛得几乎窒息，她忍不住轻咳了几声，但是烟鬼们熟视无睹，仍然相互交换香烟，传递着友好的信息。

百分之七十以上的人主张搞创收，对吴宽办公司的提议热烈响应。

"外地办公司成风了，我们早落后了。"

"陈时下海经商，我们双保险，一边教书，一边经商。"

"抽出专人办公司，其他人分担他们的教学任务。"

欧阳珍说："办公司需要资金。"

吴宽说："内部集资，加上学院小金库的存款。"

欧阳珍想："这么多人都不支持我的观点，难道这场经济大潮使得人们都往钱眼里钻？"

欧阳珍说："吴院长提出的办公司，搞创收，既然大家都同意，就着手办理。我们既然是共同决定的，就要共同负责，齐心协力把事情办好。教研室主任、系主任回去后，征求同志们的意见。我们内部集资，是采取自愿原则，按照企业股权的规则给大家分红。办公司是一件大事，按照法律程序来办，现在散会。”

会议结束后，有些人还围着欧阳珍，有的毛遂自荐帮忙办公司执照；有的自愿把所有的积蓄拿出来办公司。这些人眼睛里燃烧着火花，欧阳珍看着他们，他们的瞳孔仿佛变成了铜钱、金元宝。

三

经济管理学院吵着要办公司，这在全校引起广泛的争议。

“一个二级学院就要办公司，那么学校成什么了？教师是教书育人的，还要搞科研，哪有精力经商？还要社会分工干什么？”

“真是少见多怪，你们没有看报纸，报纸上正热烈讨论第二职业，什么教授卖烧饼、摆地摊，教师办公司正体现了知识分子的价值。”

学校领导层也知道了这件事情，整个车城大学只是办了一个校办工厂以供教学实习。一位校领导说，经济管理学院敢于创新，应该支持，又有校领导认为应该先找找法律依据。强，他们议而不决，睁一只眼闭一只眼。

经济管理学院教职工对内部集资办公司十分踊跃，报纸上关于沪深股市的报道，把他们的心撩拨得滚烫，他们唯恐被排斥在外，甚至有人提前贴现定期存折来参与集资活动。

吴宽敢闯敢拼，成了大家眼中的英雄。在经济管理学院职工中，吴宽办自考培训班是众所周知的，现在又要带头办公司，这在学院尚属首例。人啊，被金钱迷住了双眼，教职工们也忽视了吴宽的过失。

吴宽在经济管理学院大政方针的决策上胜利了，心里暗自得意："女流之辈，竟然骑在我的头顶上，看你能耐，还是我的水平高？"

吴宽力主办公司，并非真心想为经济管理学院办实事。他想，这年头，一心一意为别人，傻瓜才做，他有自己的小算盘。吴宽欣赏民国年间李宗吾《厚黑学》的观点，李宗吾主张"心要黑，脸要厚"，此乃古今中外成功人士的人生哲理总结。李宗吾以刘邦、项羽、曹操、刘备、孙权、司马懿等人物实例为主线，论证厚薄与黑白如何影响成败得失。李宗吾在《厚黑学》一书中提出"厚黑层次论"，阐述脸皮要厚而无形、心要黑而无色，这样才能成为英雄豪杰。"厚黑层次论""厚黑"还要有等次，"厚黑"水平越高，外人越摸不到你的心理。

经济管理学院的下属公司经过一个多月的奔波终于成立了，公司被命名为"武当市文远汽车经贸公司"，地址设在车城大学附近，租赁某房产公司的房子，实际注入资金二十万元，却写成八十万元注册资金。设立董事会、监事会及总经理，董事长由欧阳珍担任，门佐任监事，吴宽任总经理。

公司的核心成员由学院领导圈定，专门抽出五人打理公司事务，一个领导推荐一个，最后形成均衡局面。吴宽推荐了花玲，由她负责公共关系。吴宽还想让自己亲近的人主管财务，但欧阳珍也想控制财务，推荐自己信任的人当了会计。

公司牌照一挂，吴宽就堂而皇之地坐在公司总经理的位置上，做了很久的老板梦终于成真了。事情才刚起头，他要把梦做下去。吴宽把认识的所有人的电话都打了一通，哪怕只是点头之交，而且见人就发名片，名片上写着“总经理”。

公司开办起来，就要有业务，否则只是付出没有收获，公司迟早要完蛋，因此，吴宽在教职工大会上号召大家齐心协力想办法。

他说：“汽车与汽车配件的生意正是红火的时候，好多车城汽车公司职工因为做中介发了财，只要大家能弄到货源或者能联系上客户，我们就给大家提成。市场上，每介绍一辆车，中介费是五百元，我们每辆给六百元。”

“做中介，是投机行为吧。”

“目前各种信息公司层出不穷，中介行为已经被国家认可。再说，做中介比在外兼职授课强多了，一节课酬劳就二十元，教课赚的是血汗钱啊！”

吴宽的耐心解释，让刚才有疑惑的人低下了头。

吴宽的话也把没有做过中介的人唤醒了。

此时，汽车市场供需失衡，需求远大于供给，客户好解决，关键是要找到货源。吴宽办自考培训班已经有了些办公司的经验，也建立了一些人脉关系，他们又雇用了一些临时工跑业务。

第三章　汽车销售中介

一

最近，陈时心里特别烦躁，每天要应酬，要和各种人打交道：胖的、瘦的；美的、丑的；奸猾的、憨厚的。他不太喜欢抽烟，但是每天都得陪顾客和同事抽烟，而且档次都是红塔山、三五或者希尔顿之类的。

陈时的老婆天天抱怨："经商、经商，没有见你拿回来一分钱，倒是倒贴了不少烟钱。家务事全部扔给我，这家是我一个人的？"

陈时只能不时地给自己鼓劲："我现在没赚到钱，但我坚信我一定会发财！"

陈时还羞于见学校里的人，大家都用异样的眼光看他，见他腰里挎着 BP 机，就都以为他发了财，就像王冠代表国王，即使国王不称职；就像博士帽戴在猴子头上，猴子看起来也就像博士一样博学。

陈时的同学遇到合同障碍，这笔生意还是陈时介绍的。陈时带着简战与米宁找到金昌劳动服务公司，负责人王经理一开始对陈时态度还很热情，但是一谈到正题，就开始支支曲。

“这个，这个……你们应该找金求言处长，是他签的合同。”

简战说：“根据《经济合同法》，合同的效力不受企业负责人的变化而变化。金求言处长虽然离职了，但是你们公司仍然要负全部责任。”

王经理一下子火了，“你们找法院去！”

气氛一下子尴尬起来，十多平方米的办公室里只有香烟燃烧发出的滋滋声，这像是“定时炸弹”引爆的前兆，每个人都仿佛听得到对方的心跳。

陈时给在座的每个人打了一梭子香烟，之后讲话了：“做生意嘛，难免有这样那样的问题和困难，好事多磨嘛！简兄、米兄，你们也不要着急，王经理会尽快想办法解决的。”

王经理刚上任，也不想出差错，就顺着陈时的话：“做生意，信用很重要，你们再等等。”

王经理送走客人后，马上吩咐手下人：“以后他们要是再来，你们就说我不在公司。”

陈时不好直接带着简战、米宁到山鹰汽车联合贸易公司，就指点他们自己去找金总经理。

第二天，简战、米宁一大早就到山鹰汽车联合贸易公司找金求言。简战、米宁拿出合同、汇票，金求言却百般抵赖。最后撂下一句话：“你们应该去找金昌劳动服务公司，我已经从那个公司辞职，这事情和我没有关系了。”

就这样，简战、米宁整日在金昌劳动服务公司和山鹰汽车联合贸易公司来回奔波，天已渐冷，寒风吹得枯枝发抖，简战、米宁是南方人，出发前没有带够保暖服，他们每天在这两个公司“坐班”，让陈时心生恻隐之心。

陈时托人找到金昌劳动服务公司的苗副总经理，他与金求言是多年的竞争对手。他告诉陈时实情：深圳达业有限公司的钱已经被金求言挪用，他就是用这笔钱作为注册资金办理的法人营业执照。金求言挪用这笔钱开办山鹰汽车联合贸易公司，他想用这笔钱做本笔。

苗副总经理指点迷津：“只要深圳达业有限公司扬言打官司，金求言就会慌了，因为他的行为涉嫌违法犯罪了；金昌劳动服务公司也被动了，因为管理不善。”

果然，简战、米宁扬言打官司，把金昌劳动服务公司和金求言吓坏了。

金昌劳动服务公司王经理马上接见，让他俩宽限几天。金求言的态度也马上一百八十度转弯，但金求言没有给深圳达业有限公司卡车，也没有直接把深圳达业有限公司的钱退回去，那样就会暴露自己，他把钱转回金昌劳动服务公司。

深圳达业有限公司的款项转回金昌劳动服务公司后，王经理主意又变了，他违反合同约定，只给了简战他们五辆卡车，扣下了一半的合同款，简战、米宁被迫继续滞留在武当市。深圳达业有限公司也是搞转手买卖的，南方经济大开发，他们在武当市弄到一辆卡车，尤其是自卸车，在沿海地区一倒手，就有不少利润。

陈时从金求言与王经理的行动中体会着经商之道，他要为自己的“经商”动机寻找依据，否则，他觉得行动起来就失去了根基。他回忆起亚当·斯密的经济学理论，人都有利己的私心，但是在商品经济的大潮中，有一个“看不见的手”，即价格机制引导人们去行动，最后全社会的福利增加了。比如大款开了一个工厂，他的初始动机是自己获利，结果解决了当地的就业问题，工厂缴税，也是给社会做贡献。

陈时结合几个月的商海实践，得出自己的经商哲学——“君子爱财，取之有道”。只要符合大众利益，必要时也可以运用非常规手段。

二

陈时自辞职下海经商已经大半年了，每月固定工资五百元，还不够日常交际的花销。金总经理曾经借车城大学的操场停放汽车，这给学校师生的印象是公司生意很好，陈时肯定发了财。陈时爱人不时地唠叨他只支出没有收入，甚至有时会问：“你把钱藏了起来吗？”陈时哑口无言只能苦笑以对。

陈时通过调查了解知晓武当市汽车市场有 A、B、C、D 四种价格：A 价是国家计划价，供应计划车；B 价是车城汽车公司与合同单位的合同价；C 价是车城汽车公司零售价；D 价是车城汽车市场价，每一档车的价格相差很大。他起初对一个现象不明白，大大小小公司的对外标价介于 B 价与 C 价之间，难道这些公司都是车城汽车公司的代销商?

陈时通过对汽车贸易的数据分析，认为有两种情况可以获得低价车的资源，从而在价格战中掌握制胜权。第一种是车城汽车公司的有关领导拥有批发汽车的权力，只有把关系网接到这些领导身上，才可以获得优惠车；第二种是制造水货车，车城汽车公司成立了专门的“打假办公室”，但是水货车依然畅销，在市场上运行。

陈时就像哥伦布发现新大陆一样，异常兴奋，当即决定撇开山鹰汽车联合贸易公司，自己直接代理汽车买卖，从中获取利润，不然的话，还是为他人做“嫁衣”，成金求言好事，自己只获得可怜的提成。

陈时有一个儿时伙伴叫陈军民，在车城汽车公司某部门担任副处长，他通过陈军民拿到了十辆“B 价”车批条，于是陈时坐等买主。

一天，陈时在公司上班，一个江苏客户踏进公司的大门，他 45 岁左右，提着公文包。

“这是山鹰公司吗？”

“是的，请坐。”陈时给来客递上一杯水。

“有 EQ140–2 车吗？”

“有啊！要多少辆？”

“价格如何？”

陈时把公司的价格表递给客户。客户对价格没有异议，他的需求量是十辆车，附加条件是：每辆车得给一千元回扣。

陈时说：“这个必须等经理回来才能决定。”

在等待的过程中，陈时与江苏客户套近乎，最后神秘地问：“我自己有车，你要不要？”

江苏客户显然做过类似生意，他心里盘算，只要有货源，无论是与公司交易，还是与个人交易都无关紧要。

“怎么做？”

“现钱买卖，证件齐全，包你出武当市。”

“成交！”

江苏客户是三个人一起来的，另外两位待在宾馆，守着现钱，不敢轻易暴蹄踪。

陈时拿批条提了车，之后与江苏客户见货付款，马上交割。双方都是第一次合作，江苏客户怕被抢，连夜请人驾驶汽车，离开了武当市；陈时也怕对方抢劫，带上了几位朋友，当天就把各个环节的应付款分割完毕。

就这样，陈时做成了这笔交易，拿到“B价”车，卖成“D价”车的价，狠狠地赚了一笔钱，他一下子挺直了腰杆，仿佛年轻十岁，看金总的眼神就多了几分傲慢。

三

一个清爽怡人的早上，一家公司说有卡车供应，吴宽让花玲与一名职工去打探，他俩回来后一脸欣喜。吴宽打电话与对方再三核实了，然后给外地公司报了车的型号与价格，外地公司经理听了却十分恼火。

“你的型号不对，已经过时了。”外地公司经理挂断电话，嘴里骂道，“老外！”

吴宽莫名其妙，后来才知道实际上他们购置的有关车型、配件号的书籍早就过时了，真是隔行如隔山，每个行业都有它的专业术语，就像经济学的概念一样。汽车型号变了，就这么一点差错，一笔十辆车的生意泡汤了，上万元的中介收益瞬间就没有了。

花玲公关水平长进很快，她把“花瓶”的功夫用在做生意上，还真管用。她把娇滴滴的小嘴一张，媚眼一抛，那些臭男人个个眼睛贼溜溜的。

一天夜里，花玲从咖啡厅打电话给吴宽。

“喂，我告诉你，宏远公司有二十辆车供应，价格合适。”

吴宽很兴奋，“好，我明天去谈，谢谢！”

第二天，吴宽一大早就去了宏远公司，他精心打扮一番，四十岁上下的男人穿上西装还真不赖，既有文人之风雅，又有商人之气度。宏远公司靠近车城汽车公司销售大楼，只租赁了一个小小的门面房，但老板手中的“大哥大”和硕大的金戒指显示了他的派头和富有，双方一拍即合。

有了货源保证，吴宽与外地客户谈判，双方签定了买卖合同。但是这个客户十分精明，他的款不轻易外放，说是要先见货，吴宽咋能让他见货呢？“一见到货，你把我这个中间人抛弃T，我不是白白辛苦了？”商场就是一个尔虞我诈的世界。

客户又提出要见技术资料、说明书，汽车三证齐全，吴宽提供给了他们。客户知道三证可以复制，也没有说什么，但发现吴宽的卡车发动机不是他们想要的，不同的发动机性能、价格相差可大了。客户在吴宽那里吃饱喝足了，最后说了声“谢谢！”就走人了。

吴宽与花玲十分斲愧，从公司成立到现在，忙活了几个月，还没有打开局面。

四

欧阳珍最近心里很不平静，是因为当上正院长，打破了以往平静的心境？还是因为自己能力不够，应付不了预料之外的事情？

也真难为欧阳珍，前些年二级学院院长的职能比较单纯，主要抓好大政方针和行政，两位副院长分管教学、科研工作，二级学院院长不用操心创收的事情，而现在正赶上这场商潮，让她不得不分心。

欧阳珍读报纸，看到一篇报道，一名妇女集资办公司，肆意挥霍债权人的钱后，无法清偿债务。债权人告她，她携余款而逃。虽然这名妇女最后被抓，且被判刑，但是债权人的血汗钱追讨无门。这张报纸把欧阳珍惊出一身冷汗，她怕吴宽也要手腕，玩出这样的事情。

欧阳珍到学院党总支书记门佐的办公室密谈，两人都显得很严肃。并非每个人都对从商感兴趣，并非每个人在这场“十亿国人九亿商”的商潮中丧失理智。老教授门佐毕竟经历了中国若干次大的风波，他见怪不怪，见乱而心静，有泰山崩于前而不眨眼的大将风度。门佐早将这场商潮的来龙去脉看得清楚，他想：这场商潮是人们心灵的恐慌，有些人歪曲理解了马克思的“原始积累”理论和剩余价值理论，一些人没有理解社会主义市场经济的本质，错误地认为中国将要“西方化”，唯恐自己不早点投入商海，不尽快发财，会沦为被剥削的雇工；而那些发财的人会成为高高在上的剥削者，人性被激烈竞争而扭曲。门佐心里说：要不了几年，中国将大治，社会将趋于稳定，人性将复苏。

“门老师，你看过这份报纸没有？”欧阳珍把报纸递过去。

门佐看了几眼，放下报纸，

“我刚看过，有什么想法吧？”

“你能猜到我的用意吧！”

“你是怕我们的公司落到这样的下场。”

“对，这正是我想说的，我们俩合计一下。”

这是一个关系到文远汽车经贸公司乃至整个经济管理学院的大事，门佐十分慎重。

“你是说，要控制公司资产？”

“学院的存款和集资款一旦出问题，那该怎么办？我们不是不相信吴宽，就怕这时节出怪事。”

“公司法人公章在你手上？”

“我们要严格财务制度，控制法人公章与账户，大额资金的支出必须经过我的签字，监事要加强监督。”

门佐听了欧阳珍的话，二人很快达成共识。

欧阳珍又打电话请来副院长杨令虎，他听了院长和书记的分析，也同意这种做法。虽然他与吴宽是一派，但是吴宽上台后的做法明显与他有分歧。

三位领导成员达成统一意见后，告知吴宽。吴宽的心里一阵惊慌，他想不到欧阳珍会严密控制他的财务权。但他见过世面，不便当面反对，也只好同意了。

吴宽回到公司后大发脾气，花玲等人莫名其妙，等后来他们知道事情的原委，才明白这是学院的内部斗争。

五

吴宽做了几个月生意，亏损严重，心里正郁郁寡欢，他的初中同学吴三宝从县城老家来看望他。吴宽把吴三宝请到酒店喝酒，两个人在酒桌上聊得投机。

吴三宝是县城农用车厂的厂长，谈到汽车生产问题，吴宽介绍了文远汽车经贸公司的情况。

吴三宝咧着嘴笑起来，“兄弟，你是我的财神。今年春节我敬了财神，看来今年我要发财了”。

吴宽对吴三宝的恭维丝毫不感兴趣。

吴三宝说：“你知道水货车吗？”

“听说过。”

吴三宝说：“水货车的制造比较简单，只要购买成套东风汽车配件，雇一些熟练工人组装，然后伪造各种汽车证件，这样就大功告成了。水货车的性能与正品车没有太大的差异，这种车成本低，价格便宜，经销商也愿意购买，因为经销商只需用车一年就可以转手卖给农民。买卖双方有利可图，而且手续简单。”

吴宽怀疑地问道：“卖水货车，出了问题咋办？”

“你别这样子，我说说我的想法。我们县农用车厂规模小，经济效益也不行，我正准备转产，搞汽车改装。你在武当市联系配件，我们尝试改装汽车。我们也不是完全的水货车，我们厂是有技术基础的。”

吴宽的眼睛一亮，这真是“踏破铁鞋无觅处，得来全不费功夫”。

“兄弟，你的主意高，我敬你。”

吴宽送走吴三宝，两人依依不舍，眼睛里充满血丝。

吴宽与吴三宝合作，推销了一批汽车配件，文远汽车经贸公司的法人账户上终于进了第一笔款。

过了一段时间，吴三宝到山城找吴宽。

“兄弟，我们做这种汽车改装生意，技术不过硬，没有图纸，不懂工艺流程。你能不能想法帮我们，设法弄图纸。”

“听说我们专业厂的技术高，有图纸，我想想办法。”

吴宽的驯吴三宝高兴极了。

“你咋样弄到图纸？弄到图纸，我出高价。”

“你回家等着，我想办法。”

吴三宝乐颠颠地回县城，吴宽则在武当市开始想办法弄图纸。

他找来花玲，几句话一说，花玲明白了。

“真聪明。”

“你能不能弄到图纸？”

“怎么弄？”花玲一时不知所措。

“你施展女性魅力，从设计人员那里套出图纸来。”

“那不行，你以为我是什么人，见到男人就往男人身上贴。”

“好的，我另外想办法。”

在一个没有月光的夜晚，吴宽提着黑皮包，走进了一个女档案员的家。“重金之下必有勇夫”，吴宽拿到图纸的复印件。

这份图纸的正本早已被一个技术人员带走了，他跳槽时，把图纸送给新单位。新单位奖励他五十万人民币，奖赏他高级工程师的职位。这个单位一边生产，一边转让技术，一些地方就出现了冒牌汽车、改装车。车城汽车公司的利益受到损失，但暂时还没有对那个技术人员进行前，也没有起诉侵权单位。

吴宽从档案员那里拿到图纸复印件后，他复印一份留存，卖给吴三宝的工厂，吴宽自己存款单上的数字增加了。

就这样，吴宽以公司名义推销汽车配件给吴三宝，吴三宝用于生产。吴宽在公司发展方面做了好人，成了有功之臣。

第四章　开拓新业务

一

时间过得真快，陈时下海已经一年多。

只有自己当老板才能赚到钱！陈时琢磨开了，汽车与配件买卖竞争激烈，倒买倒卖又犯法，而且撇开山鹰汽车联合贸易公司做生意也不道德。

在武当市做什么生意比较可靠，又有利可图呢？搞技术开发，他是学文科的；开酒店、搞娱乐厅，没有过硬的“保护伞”，遇到流氓寻衅滋事，难以摆平……

一天，陈时看到报纸上的一篇文章，讨论信息市场的作用，他豁然开朗，当即就决定离开山鹰汽车联合贸易公司，自己开一家包含信息咨询业务的经济贸易公司。

1993 年 5 月 8 日，陈时的通达经贸公司成立了。他在市中心租了两个门面，门面不大，职工暂时只有五人。经营范围包括产品销售代理、劳务信息咨询等。

公司成立之初，陈时频繁宴请武当市工商、税务、卫生等部门以及报社的领导。陈时以前把书盘活了，现在是把“人”盘活了，在社会上，人与人交往，互利互惠，互补余缺，真是妙不可言。

陈时的爱人张雅芝依偎在他身旁，先是哭，后是笑。

“有人给我算过命，说我中年才发家，真准。”张雅芝露出了难得的娇羞。

七月，武当市的太阳烤得人全身冒汗，街道两旁的树木沾满灰尘，护城河干涸见底，黄龙水库向市区发出“供水短缺”的警报。

狭窄的街道挤满了车辆与行人，老板左手提着大哥大，右手用手巾擦汗，在形形色色的公司前面转悠；打工仔拿着自己简易的工具在集市旁边的街道向行人招揽生意，“做家具吗？”“搞室内装修”；刚下车的乡下人提着蛇皮袋，望着车流，茫然不知所往。

陈时的通达经贸公司自五月开业以来，只做成了几笔小生意，公司就快无法正常运营，正急得上火。听着街道上各种吆喝声，商人的特有嗅觉使他找到商机，他心里暗自盘算着：“没有错，就这样干。”

陈时踏进公司，职工全部在岗，他心里很满意。

他把皮包放在办公桌上，坐到转椅上，女秘书小钟递上一杯茶，他接过茶杯说：“小钟，把职工全部召集起来我们开个会。”

女秘书 24 四岁，姓钟，是武当市郊县人，高中毕业后到武当市闯荡，她当过保姆、做过酒店服务员、商店营业员、公司推销员。以前与陈时同在山鹰汽车联合贸易公司上班，陈时开了通达经贸公司后，就跟着陈时做了公司秘书。

通达经贸公司员工全部聚集在陈时面前，陈时向他们发布指令：“除了日常工作外，我们公司最近三个月的业务集中在劳务介绍和空调生意上。公司除了基本工资外，实行绩效工资，根据你们工作业绩给予奖金。”

陈时的话还没有讲完，五名职工欢呼雀跃。物质刺激真管用！

公司除了钟秘书外，有一名工厂退休职工老陈，一名36岁的停薪留职人员老牛，还有两名年轻人小江和小华。

除了内部激励，陈时还不遗余力地做宣传，他点播了电视剧《龙在江湖》，随着电视剧在市电视台黄金频道的播映，陈时的名字与公司的名称在全市几乎家喻户晓。

劳务介绍的业务进展顺利，陈时打出广告，宣称市郊正在筹建鞋厂、手套厂，现招聘大批合同制工人，报名点设在通达经贸公司，留下了联系电话，并特别说明名额有限，报完为止。

广告一经发布，通达经贸公司的电话就响个不停，半天工夫，每个人接了上百个电话，通达公司的门口涌进一批又一批待业青年和外地打工人员。

陈时让两个年轻人担任劳务登记、收费工作。规定报名费二十元，介绍费五十元，报名费一律不退。市鞋厂、市手套厂一共招五百个工人，而报名人员有上万人，陈时通过这项信息咨询，一下子赚到二十几万元的毛利，他支付了必要的员工工资和业绩奖金，获得不少利润，陈时高兴得好几天没有睡好。

陈时还把目标瞄准空调市场，但别的商人也精明，陈时正在寻找市场突破口。武当市人有钱，当年全国其他城市没有普及彩电、冰箱时，武当市几乎家家都有，年轻人一结婚都备齐。这几年武当市人又向高档消费迈进，流行购买高级家用电器，房子装修越来越豪华。

眼看夏日来临，生意人仿佛见到武当市人拿着钞票把空调往家里搬，家家户户都闭着门，空调转动，室外灼热如火，室内清凉稣，人们喝着冰冻饮料，吃着西瓜，看着电视和录像。

空调大战如期在武当市爆发，陈时在电视台做广告后，形形色色的公司和商店紧随其后。空调广告铺天盖地，报纸、电影院、戏院、体育场、公交车车身、电线杆、公共墙体……从听觉、视觉等各个角度迷惑着消费者。

市场像是一个魔方，千变万化。空调短缺时，消费者排队或者走后门，就为能买到空调。眼前，广告推出的空调质量越是上乘，品种越是齐全，消费者反而越牛气，他们拿着钱挑挑拣拣，商家则笑脸相迎。

市场竞争进入白热化，空调的价格一降再降，最先购买空调的见到空调降价，大喊倒霉。众多市民揣着钱，等着商家相互拼杀，他们好渔翁得利。

陈时并没有大批购进空调，公司的经营范围没有商品批发零售一项，倒不是怕违法，而是他不敢大量积压资金，而这一做法使陈时没有陷入这场空调价格大战的被动局面。

他最近正在读《孙子兵法》，觉得商场上也要出奇制胜。

陈时派老牛和小江去发展兼职业务员，让他们到每一个工厂去游说。陈时研究过企业文化，生活在同一企业的人往往有共同的精神生活，他们的行为也趋同。

陈时让老牛和小江到工厂找关系户，怂恿他们集团消费，吹嘘自己的空调价格便宜、质量上乘，免费上门安装，提供维修服务。就像打保龄球，打倒一个，就打倒一片。一个职工联络一个班组，一个班组带动一个车间，一个车间推动一个工厂。

陈时让客户交少量定金，公司再与批发商签订中介买卖合同，也预交少量定金，货到后，客户与陈时钱货两清。陈时在飙环节上狠融赚了一笔。

二

刘深沉看中了餐饮和卡拉 OK 的生意，他觉得政府官员、企业家掌握着社会资源，从他们的需求出发，餐饮和卡拉 OK 是一个只赚不赔的生意。

说干就干，刘深沉选好地址，租下三层楼，楼下两层做餐饮，楼上是卡拉 OK 歌舞厅和桑拿。他花巨资搞装修、买设备，还招聘了员工。没多久，“燕飞乐城”正式开业了！

万事俱备，只欠东风。刘深沉请父母的朋友帮忙，拉拢当地政府官员和企业老板、商人到“燕飞乐城”消费，这些人又介绍了一些朋友来；刘深沉还组建了一个乐队，乐队的水平全市一流，吸引了一大批粉丝。很快“燕飞乐城”的生意就步入正轨了。

“燕飞乐城”开业以来，顾客盈门，生意火爆，但刘深沉依旧感觉压力不小，贷款本息压得他喘不过气来。

他希望李芳娜能帮他，但是李芳娜对做生意一点都不感兴趣。

“所谓夫唱妇随，老板娘坐镇，生意肯定直线上升。”李芳娜不允，她执意做她的白衣天使。

“男人有钱就变坏，女人变坏才有钱。钱是害人精，我够吃够喝就行。”

刘深沉新招了一个陪舞女郎，她是刘深沉以前跳舞认识的，叫高雪莹。高雪莹比刘深沉小5岁，已经24岁了，还待字闺中。不是她的长相不好，乍一看她长得还有几分像张曼玉。从技校毕业后她进工厂当了工人，工人劳动强度大，工资也不高，于是想通过婚姻改变命运。父母打算给她找一个好对象，婚后能调她到机关工作，谋一个轻松的职业。她也认同父母的看法，想找一个“富二代”“官二代”，最次也要找一个大学生。结果，高不成低不就。她的很多同学都结婚生子了，她却还是孤家寡人。

高雪莹很有文艺细胞，唱球舞都不在话下，嗓子尤其甜，歌声很迷人。

高雪莹建议：用女士跳舞免费的办法招揽客人。女伴多了，各色各样的男子就被吸引进来，就像苍蝇逐臭、蜜蜂爱花一样。

刘深沉说：“我见别的舞厅用过这个方法，我怎么没有想到呢？”

此后，高雪莹每次走到总经理办公室，刘深沉即使再忙，也会放下手中的事，脸上笑嘻嘻地和她说话。刘深沉眼睛里的亮光，高雪莹自然看见了。

春暖花开之际，刘深沉宴请几位常客，亲自陪酒。

“几位老板看得起我刘深沉，我在这里敬大家几杯。”刘深沉敬的是白酒，自己先干为敬。

几位老板见刘深沉心诚，都说：“感情深，一口闷。”纷纷把酒给干了。

酒过三巡，刘深沉叫来高雪莹陪酒，高雪莹款款而来。

“这是我们燕飞乐城的高小姐，来敬几位老板几杯。”高雪莹也是见过场面的人，端起酒杯说道：“我不会喝酒，今晚舍命陪君子，请各位给个面子，我先干了。”

“高小姐的酒，我们喝，但是要有名目。”

“喝酒，要什么名目？”

“对，喝高小姐什么酒？”有人起哄。

“喝我的祝福酒，祝你们发财！”

两个老板喝了，另外两个老板要赖。

“听说高小姐是刘总的贤内助，说说高小姐是如何帮助刘总的？”这帮人嘴臭，但是，却不好应付，老板们狂笑着。

刘深沉与高雪莹还真是清白的，虽然他们说过不少知心话。

刘深沉解围说：“高小姐还没有结婚呢，请老板们原谅。”

高雪莹说：“我罚酒啊！”

酒宴已酣，谈兴更浓。

刘深沉说：“照顾不周之处，敬请海涵，请兄弟们多提宝贵意见。”

“你的包间必须上档次。”

“你的陪酒女郎要更漂亮一些。”

顾客就是上帝，老顾客的意见必须听。但是如何上档次，刘深沉与高雪莹在一起商量。

“档次不低了。是不是她们跳舞不好，唱歌不好听，长得不好看？”

高雪莹回答：“你这里人手 M 了。”

“你是指什么人，是陪酒女郎、陪舞女郎吗？”

“嗯。”

“到哪里招更多的人？再说还要训练，不是一下子能办到的。”

“我认识一个姐们儿，她和这帮女的很熟悉。”

“太好了！帮我找来。”

两天后，高雪莹领来了一个年约 28 岁的少妇。

“嗨，大经理，你好！”少妇友好地伸出白嫩的手，身上散发出一股浓香。

“你好！”

高雪莹说：“这是美尔歌舞厅的牛小姐，这是刘总。”

“请坐。”

“刘总年纪轻轻，好大派头。”

“不敢当。”

他们闲聊了一会儿，之后谈到正事。原来，这位牛小姐是武当市郊县人，来武当市已经七八年了，认识不少舞女，还带了不少老家的女子到武当市。

牛小姐先后给刘深沉介绍了三名陪酒女郎，四名陪舞女郎，她们在别的舞厅工作过，经验丰富，刘深沉就花重金把她们挖过来。

刘深沉亲自主持陪舞女郎的素质提高训练，教她们跳交谊舞、迪斯科；高雪莹主抓陪酒女郎的训练。在高雪莹的协助下，“燕飞乐城”名声在外，节假日顾客盈门，利润直线上升。

有了固定的陪舞女郎，舞客直线上升，舞厅夜场，场场爆满。有了陪酒女郎，刘深沉餐厅的生意就更好了。一些客人从进入餐桌开始，就把淫邪的目光投在她们身上。待酒酣之时，醉眼蒙睇，偶尔做些小动作，而陪酒女郎不愧是经过专业训练，脸不红，心不跳，不卑不亢，让你觉得有失身份，不敢造次。客人吃了一次，忍不住心里痒，往往以各种名目又纠集哥们儿来。

三

刘深沉花了十二万元买了新房，三室两厅，花八万搞装修，室内大理石铺地，乳胶漆粉墙，红木家具摆在宽大的客厅里。

李芳娜从婆家乔迁到新居，尽管她不追求物质享受，但装饰华丽的房子也让她欣喜不已。她的同事、朋友到新居参观，无不充满羡慕，作为女主人，李芳娜的虚荣心得到了满足。

李芳娜以往对刘深沉的事业很少关心，从没到过“燕飞乐城”，自从购买新房后，她开始相信刘深沉的能力，内心充满了好奇。

下午六点多，李芳娜下班从办公室直接去了“燕飞乐城”，礼仪小姐分站大门两边，她们见李芳娜仪表不俗，十分殷勤地请她进门。一个服务小姐引着李芳娜，请她坐在沙发上，另一个小姐捧着一杯茶递给她。

“请问小姐，您是点菜？预备宴席？还是来跳舞？”

“我找人。”

“请问您找谁？有预约吗？”

“没有。我有重要事情找刘深沉。”

服务小姐也算见过世面，如果是与老板关系不一般的人，肯定会先打电话。

“我们刘总现在不见客人。”

李芳娜想：“刘深沉啊刘深沉，你的派头不小，我要见你，还要预约。”

李芳娜不便对服务小姐发火，她又不能在门口到处转悠。她本来想打刘深沉的手提电话，要他来接。但是她被好奇心驱使，想看看刘深沉到底在干什么。

于是她态度强硬地说："我是你们老板的太太，你快带我见他。"

服务员听说来人是老板娘，吓了一跳，她将信将疑，但是一般没有人会自称是别人的妻子，服务员乖乖地带她到经理办公室。

李芳娜闯入办公室，把刘深沉吓一跳，

"你怎么来了？"

"我不能来吗？"

"能来，能来。"

李芳娜瞅见办公室有一个女人，她想问，欲言又止。

刘深沉介绍："这是我太太，这是助理高小姐。"

"哦，高小姐。"

凭女人的直觉，李芳娜察觉高雪莹看刘深沉的眼神不一般。

的确，高雪莹从最初崇拜刘深沉，到现在上升到爱慕，只是刘深沉已经游，她不敢有非分之想。

不久前的一个暴风雨之夜，电闪雷鸣，突然断电了，办公室里只有刘深沉和高雪莹，四周漆黑一片，狂风暴雨拍打着窗户轰轰作响，高雪莹吓得发抖。

"我怕！"

刘深沉摸黑抱住她，"别怕，有我"。

只有父母小时候抱过她，而且还是那么遥远的记忆，那是父母的一种安慰、一种体贴、一种盼望她成长的愿望。现在刘深沉强壮的手臂搂着她，她仿佛感到一种磁场把她磁化在里面，刘深沉身上有一股电流，电击得她周身发烫。

正当刘深沉准备下一步行动时，理智警告高雪莹，高雪莹摆脱了刘深沉。

李芳娜回家后想起刘深沉与高雪莹，她也摸不准他俩的关系，到底是刘深沉花心，还是金钱让刘深沉变坏了。她待在宽敞的新房，望着镜子里孤独的背影，多希望刘深沉陪伴自己。李芳娜很怀念刚结婚的那段日子，刘深沉伏案备课，努力工作的情景历历在目。

一天晚上，“燕飞乐城”发生血案，两伙流氓因为一位年轻女子争风吃醋，大打出手，有一个小伙子被当场打死。

这位女子 21 岁左右，身材高挑，脸如桃花，眼如丹凤。她经常晚上八点独自一人到舞厅，她的舞跳得很好，慢步如行云流水，快步如天鹅展翅。舞厅里的老少男客争相请她跳舞，她则来者不拒，经常是男客把女伴抛开，专门请她跳，惹得女伴醋意横生，拂袖而去。

这天，舞厅开始播放《甜蜜蜜》。有人请那位女子跳舞，那女子说：“那位先生已经先请了，等跳完这一曲，我们再跳。”

“不行，这首《甜蜜蜜》，兄弟中意，我就要和你跳。”

先请的那位说：“我先请人家，总有个先来后到。”

“老子不讲这个。”

“你跟谁称老子？！活得不耐烦了。”

于是双方大打出手，血溅当场，舞厅秩序大乱，人群顿时作鸟兽散。

刘深沉看事态严重，就让人报了警，警察到了，事情很快就平息了。

“燕飞乐城”却被罚“停业整顿半年”，理由是没有维护好秩序，要反省检查，要提供人证等，刘深沉不胜其烦，最后没办法只好托人求情，“燕飞乐城”关了一个月又重新开张了。

四

8月中旬，吴宽和花玲坐上了飞机，从老河口飞往广州。一坐上飞机，在老河口机场额外等待两小时的不快就被一种兴奋感取代，他俩都是第一次坐飞机，飞机起飞时短暂的眩晕并没有使他们抱怨、颓丧，相反，他们感到十分自豪，在那个年代，乘飞机对人们来说还是奢侈的事。

飞机在蓝天翱翔，他俩能看到白云在身边掠过，远处青青的山、绿带一样流过的河流、拥挤的城市，尽收眼底。

吴宽给花玲拍了照片留念，花玲打心眼儿里流露出笑意。花玲把孩子交给公婆，借公差机会乐颠颠地跑去南方。

不知过了多久，吴宽和花玲在睡梦中被飞机播音员甜美的声音唤醒，广州白云机场已经到了。

广州的大宾馆不论你的身份，你是部长也好，是农民也罢，只要你出得起钱，他们就给你提供服务。宾馆根据你的付款提供相应的服务，打破了以往身份、等级的界限。

花玲住久了武当市，对南方的城市气息显得兴奋不已，当天晚上就逛了广州市的各大百货商场。花玲在试衣镜前旋转身体，望着镜子里婀娜多姿的自己和周围顾客欣赏的目光，她陶醉了。

在广州待了三天，吴宽又带着花玲去深圳市。他俩在报纸上看到有关深圳的报道已经快十年了，今天终于亲临其境。

他们去了“中英街”，在这里，一边是香港，一边是深圳，望着香港鳞次栉比的摩天大厦，他俩心潮起伏。吴宽站在一个港湾边，据说内地偷渡客从这里偷渡到香港，他们夜里住在地洞里，白天去打工，生怕被港英当局抓住。

吴宽说：“什么时候，我们也要堂堂正正去一趟香港。”

“1997 年以后。”

“那有什么本事，我们要在大多数人没有去之前去，那才叫有本事。”

吴宽与花玲频繁出席各种舞会，一有机会就去咖啡馆，这里的消费高得惊人。在这里，他们又结识了不少南方生意人，其中南方汽车贸易公司的几名经理和吴宽接上了头。

吴宽的兴趣却不全在汽车贸易上，他饶有兴致地拽着花玲出没于深圳股市交易厅，巨大的电脑行情显示屏把吴宽的眼睛闪得生疼，他揉着眼睛，只见显示屏上的数字变幻无穷，一两秒钟，股票的价格就或上涨或下跌，它像一个神秘的魔板，让人在它面前失去心智。

交易大厅人山人海，南方天气闷热，人们的衣服都被汗水浸湿了，但没有人在意这些，大家的眼睛盯着那块魔板和那块魔板上跳动的数字。

“还是南方好啊！”

花玲跟着吴宽看了几天股市行情，她不知所以然，只是陪着吴宽。在咖啡厅柔和的灯光下，吴宽半开玩笑地问花玲：“我们私奔到南方发展，咋样？我们把资产转移到南方，这里经济政策好，人活得肯定比在武当市好。”

花玲也有这种考虑，但是母性的柔情，对儿子的牵肠挂肚，使她倒向家庭的稳定。她想：“我与吴宽的交往只是生活的调味品，平静的生活才是主食。”

花玲说：“再过一段时间，我们回武当市吧。”

吴宽知晓了花玲的心思，就转移了话题。

第五章　道德追问

一

欧阳珍坐上了去北京的火车，火车在山区以平均八十公里的时速运行，时不时通过隧道，把火车掩盖在黑暗里。

欧阳珍是去北戴河参加一个学术研讨会，她见过高山、平原、沙漠、江河，但没有见过大海。电视里的阳光、沙滩、海浪让她心旷神怡，心神向往。

欧阳珍走到硬卧车厢里，换了票，整理了卧铺，她一个人坐在车厢侧面的小凳上想心事。

自从去年当上经济管理学院院长，各种琐碎的事情让她揪心。就说前几天，学院的教职工吵着要分红，

“公司开办一年了，给我们分点钱吧。”

“假期到了，给我们一点路费。”

有群众的呼声，加上有公司章程，学院领导班子集体讨论分配方案。

有人想要收回集资款，针对集资的性质，大家有争议。集资是债权性质还是股权性质？

“集资是债权，到期应还本付息。”

"我们的集资，没有约定还本期，没有约定利息，应该是股权。"

"如果是债权，就不能分红。"

"如果是股权，就不能抽回集资款。"

经过争论，大家认为是股权性质，只能分红。

如何分配？是否应该给专门办公司的同志多分？大家又有争论。

吴宽说："多劳多得。"

有人则反对："他们分内的工作被其他教工分担了，应该一视同仁。"

欧阳珍同意吴宽的意见，按劳分配，多劳多得。

是否应该把利润分配完毕？不同人看法又不同。欧阳珍想到了学院的发展，主张留存一部分奖励科研活动，欧阳珍的看法得到不少人的支持。

火车行驶到了平原地带，阳光灿烂，好久没有见到平原，欧阳珍感到心里一亮，窗外绿油油的稻田，农夫牵着牛，好一派田园景象。

一个30多岁知识分子模样的女人坐到欧阳珍的对面，和欧阳珍攀谈起来。两人一直聊到晚上十点多，各自上卧铺休息。

正睡得迷迷糊糊时，突然车厢里传来呼叫声，欧阳珍惊醒过来，不时听到有人大声吼："不许喊！把钱交出来！"我们有大部队在后面原来是遇到抢劫的了。

乘客都没有反抗，四个歹徒拿着刀挨个儿搜身搜包。欧阳珍带着两千元路费，有一部分钱被缝在胸罩里，一部分藏在内裤里，外面只有一百二十元现钱，被歹徒搜走。

很快，洛阳车站到了，歹徒趁机跑了。

有人向乘务员反映情况，乘客们议论纷纷。有人说，为什么没有男人奋起反抗？有人分析说，不同的人用不同的办法赚钱。又有人说，生财有道，抢劫犯罪。出门时，欧阳珍听说外面有点乱，现在总算见识了。看来，犯罪是分割国民财富的一只黑手。

火车终于到了北京站，时间是晚上十一点，随着熙熙攘攘的人群，欧阳珍走出北京火车站出站口，头脑昏昏沉沉的。欧阳珍到过北京，一次是“红卫兵”串联时，一次是参加工作之后。但北京火车站变化太大了，霓虹闪烁，欧阳珍心里却感到茫然，她有点分辨不出东南西北，也许是坐车时间长，有些疲劳，也许被抢劫的事吓着了。学术会议只安排北戴河接站，欧阳珍后悔没有听老公的话，应该找个熟兼接站。

欧阳珍在北京火车站附近寻找旅馆，不时有人挡住她，

“要北京市交通地图吗？”

“要吃饭吗？”

欧阳珍连连摆手拒绝。

她在火车站附近找了半个多小时，旅店都写着“客满”。

正在着急，这时，一个女出租车司机走过来，

“找旅店吗？”

“嗯。”

“上车吧。”

欧阳珍想，女司机应该没有什么危险，就上了她的出租车。十几分钟后，女司机拉欧阳珍到了国际饭店。

“到了，下车吧。”

“多少钱？”欧阳珍想看出租车的计价表。

“表不准，三十元。”

“这么贵！”

“北京都这样。”女司机一脸鄙夷地说。

欧阳珍付了车费后下车。

国际饭店耸入云端，最高楼层的灯光射入天际。欧阳珍想：这儿的住宿费估计很贵，回去无法报销，再找一家便宜的吧。

她在原地等了一会儿，开过来一辆出租车。等客人下车后，欧阳珍走近出租车，问司机：“你知道便宜一点的旅店吗？”

司机满口答应：“知道，上来吧。”

“有多远？”

“就在前面。”

欧阳珍上车后闭目养神，不知不觉睡着了，实在是太疲倦了。不知过了多久，司机叫醒她，她迷迷糊糊付了车费，下了车，不知道自己身处何方，司机把她拉到北京市郊区城乡接合部的旅馆，欧阳珍很不高兴，但是也没有办法，司机申辩说，这就成宜的旅店。

破破烂烂的两层楼，房间里床单脏兮兮的，根本没有热水供应，更谈不上洗澡。

欧阳珍想，我堂堂的大院长也被骗到这种地方，她低头叹息着，

“算了，凑合一晚上再说。”

第二天，欧阳珍倒换了几趟车才到北京火车站，之后从北京火车站转车到了北戴河。

几天的学术会议很快结束了，欧阳珍难得地利用闲暇时间逛了逛海滩。北戴河是度假胜地，海风吹着，海浪拍打着礁石，发出轰轰声，欧阳珍陷入沉思。学术研讨会上有学者举了一个典型的案例：手术医生割开病人的胆囊，发现所谓的“人宝（结

石)”，手术医生和护士争夺胆结石，而遗忘了手术台上的病人。学者的话振聋发聩，道德是否要在商品交换面前发挥宝剑的作用？学者提出的道德命题在她的脑海里刻下深深的烙印。

欧阳珍在回武当市的火车上萌发了撰写《论市场经济与中国新人格的构建》学术论文的念头。她坐在硬卧车厢里，乘客们已经入睡，火车车厢的照明灯也已经熄灭，暗淡的吸顶灯光衬托出她朦胧的身影，是那么单薄、孤单，但是一种思考的力量在奔腾，一种完成伟业的志气在心里升腾。

她琢磨着主题：市场经济的发育是中国社会主义的必然趋势，但是道德建设是市场经济正常运转的前提。亚当·斯密从分析人的本性出发探讨资本主义企业与个人追求个人利益的必然性。但是，在中国这样的社会主义国家，实现市场经济，要建立社会主义新道德，要深化国家新的人文精神。她认为，中国人如果盲目崇拜金钱，必将导致商业危机、经济混乱，最终导致社会动荡不安。

二

一天上午，刘深沉接到居委会打来的电话。

“喂，你好！刘深沉吗？”

“我是。”

“你们家有煤气味，你赶快回家一趟。”

放下电话，刘深沉马上往家里打电话，没有回音。他慌忙赶回家里，打开门，一股煤气扑鼻而来。刘深沉冒险冲进去，赶快关掉煤气开关，发现李芳娜躺在房间床上，衣冠完整，面部安详，身体都已经僵硬了。

刘深沉赶紧跑出去，大喊："救命！救命啊！"

居民楼来了几个人，帮着刘深沉善后。刘深沉脑子发蒙，不知道发生了什么，他站在李芳娜的遗体前，欲哭无泪。闻讯赶来的居民议论纷纷。

"煤气杀人于无形啊。"

"煤气管道有问题吗？"

"她怎么会走这条路？"

刘深沉的父母都健在，他一生中只见过一次死人的情景。那时他在广州上大学，一个晴朗的夏日，他没有午休，到学校附近的百货大厦闲逛。临近十字路口，一辆满载钢筋和钢管的大货车疾驶而来，把同方向骑自行车的中年妇女撞倒压在地上，自行车后座上年约五岁的孩子幸免于难，在声嘶力竭地喊着妈妈。自行车斜躺在地上，受害人的一只鞋子抛在马路边，后脑被压碎了，脑浆流了一地，早已停止呼吸。亲眼见到有人死去，刘深沉难受得两天没吃下饭。

现在李芳娜去世了，他也睡不着觉，吃不下饭。

李芳娜的尸体被送进太平间。因为李芳娜娘家人报了警，公安部门对尸体进行了检验，她的手上、身体上有抓伤的痕迹，阴道有精液。刘深沉被迫配合公安局，作了精液 DNA 鉴定，结果他被排除在嫌疑犯之列。

李芳娜的日记给公安部门破案提供了线索，公安部门很快找到了嫌疑犯，嫌疑犯江明山也供认不讳，李芳娜被强奸一案破获了，而死亡原因可能是煤气中毒自杀。

以下是李芳娜的部分日记。

七月八日　晴

今天晚上独自去了“燕飞乐城”，这是我第一次去，我怀着极大的好奇心，想给刘深沉一个惊喜，我没有打电话，想看看他是怎样做老板的。

我突然闯进他的办公室，看见办公室里有个漂亮女人。

难道是我多疑？人们都说男人有钱就变坏，我不得不防。

哎，也怪我一开始没有支持他的事业。

……

七月九日　雨

还有两门课要考试。

这该死的学习，要不是为了文凭，我们应该已经有了自己的孩子，要是有了孩子，他也许就不会变心……

七月十一　晴

刘深沉今晚回来了，我看他的眼神贼溜溜的，好像做了亏心事，屁股坐不住，一会儿一个电话，一点都不安生。

七月十二日　雨

今天情绪特别不好，主任批评我了。

七月二十五日　雨

刘深沉，你是个卑鄙的小人，你害了我，害了我一生。

雨下个不停，就让这雨洗刷我不干净的身体，让我的灵魂在天堂得以纯洁……

晚上九点多，有人敲门，我从房门上的猫眼里往外一瞅，是一个陌生人。我犹豫着，没有开门。

“刘深沉家吗？刘深沉在不在？”

听说是找刘深沉的，我开了门。

这个人黑脸，络腮胡子，自称是刘深沉的朋友。

他大大咧咧地坐下，开口了：“刘深沉欠我一笔债，我是来讨债的。”

我吓一跳，我不相信，“刘深沉咋会欠你的钱？”

他淫笑着：“我是来和他算一笔账”。

“算什么账？”

他恶狠狠地说：“他玩了我老婆，一报还一报，我要讨回公道。”

我心脏狂跳起来：“他不是这种人”。

我反驳得有气无力。

这个恶棍取出一张照片，“他把我老婆玩了，还生了一个小孩，你看像不像？”

他把照片在我眼前一晃，我没有看清，眉眼好像有点像。我的手在发抖，简直难以置信。

恶鬼扑过来，淫笑着，把我的手捏得生疼。

我喊不出来，电闪雷鸣，我感到像天塌下来一样，那个人不知道什么时候走的。

我按照时间推算，我处于特殊时期，后果太严重了。

我躺在地毯上，感到世界末日已经来临。

我整理了衣衫，梳了头发。

我看了看我和刘深沉的结婚照，我看到刘深沉的笑脸。刘深沉，刘深沉！你是一个伪君子……

……

日记本上有泪痕。

刘深沉没有见过李芳娜的日记本，他坐在新房里，如坐针毡。看着挂在客厅里的结婚照，李芳娜好像在责问他，刘深沉取下结婚照，换上李芳娜的遗照。刘深沉见过李芳娜各种眼神，娇羞的、调侃的、嘲讽的、幸福的、指责的、期盼的……刘深沉不敢对视照片中李芳娜的眼睛，她的眼睛像剑一样刺得他胸口生疼，刘深沉低下头哽咽着，真想大哭一场。

刘深沉拿出一支笔，在信封上写上“冥国李芳娜收”的字样，他把冥纸分成十份，装入十几个信封。刘深沉手里拽着信封，寻到小区外面马路僻静处，蹲在地上，用小木棍画了一个圆圈，他想，这就是李芳娜接纸钱的地方，然后打着打火机，把冥纸点燃，火光在微风中闪烁，刘深沉的心“扑腾扑腾”地跳着。

刘深沉想：在这个世界上，李芳娜是真正爱我的人，可惜她英年早逝。点点纸灰飘在他的头上、身上，有几粒纸灰飘进眼睛，刘深沉仿佛感到李芳娜有了灵性，仿佛看到李芳娜在空中飘着，她穿着白色的纱裙，一会儿头发凌乱，像个女鬼，她恨刘深沉，要索刘深沉的命；一会儿头发梳理清爽，喊着刘深沉的名字，向九天飘去。刘深沉用小木棍把没有燃尽的纸拨弄到火里，斯人已去，烧纸仅仅安慰活着的痛者。

三

欧阳珍 8 月 2 日回到武当市，到单位后听到的第一件大事就是李芳娜煤气中毒去世了。这是一个危险信号，以前武当市家庭普遍烧煤气罐，这两年管道煤气才刚在武当市开通，如果有人想不开，重蹈覆辙，那后果不堪设想。一时间，李芳娜事件在全市传播开来。

欧阳珍见过李芳娜几次，还喝过他们的喜酒，李芳娜美丽的容貌、迷人的气质给欧阳珍留下深刻的印象。李芳娜还帮欧阳珍联系过妇科医生，她善良、待人真诚。想不到，她未满30，就已经永远离开了这个美好的世界。

欧阳珍不知道李芳娜的死因，只听人议论刘深沉在外有第三者，李芳娜是被气死的；另一个说法是煤气管道泄露，煤气中毒而死。

欧阳珍参加了李芳娜的葬礼，出席她的遗体告别仪式。李芳娜还是那么美丽动人地躺在那里，洁白的布盖在她身上，仿佛仅仅是睡着了。要不是殡仪馆那种悲哀的、肃穆的气氛，要不是听到李芳娜母亲凄凉的哭号，欧阳珍很难相信这一切都是真的。

欧阳珍很想上前责骂刘深沉，但她又能说什么呢?

因为这件事情，欧阳珍更加珍惜生命，更加珍惜家庭。

欧阳珍把一部分精力转移到女儿圆圆身上，圆圆刚上初中，学校要分重点班。重点班师资力量强，备考经验丰富，升学率高，进了重点班几乎就稳上重点高中，为了进重点班，家长们几乎把脑袋削尖了。

圆圆的同学明明，学习成绩与圆圆不相上下。她爸爸妈妈为了明明上重点班的事情，早已经开始活动了。明明的妈妈是企业人事科科长，爸爸也是政府官员。明明的妈妈通过中间人找到学校校长，校长听说是官太太，他暗中提条件，要解决他儿子的就业问题。他们相互交换，明明上重点班的指标就解决了。

明明妈妈与欧阳珍熟悉，她没有透露自己的秘密，只是劝说欧阳珍要为孩子着想。两人在家属楼下聊了很长时间，明明妈妈告诉欧阳珍许多诀窍：重点班上学指标值一万元，谁要是帮学校工厂推销价值一万元的产品，或者联系一万元的加工任务，他们帮助解决一个指标；重点班上学指标等于一个招工指标，等等。

明明妈妈是好心，欧阳珍却偏偏不听。欧阳珍决定从做人、学习方法等方面教育孩子，给圆圆讲“头悬梁，锥刺股”的故事，岫她积极上进。

第六章　购物抽奖

一

1994 年元月，北风吹得人们裹紧冬装，紧缩身体，陈时走在武当市中心广场附近的街道上，心里冷暖两种激流澎湃着，近两年的经商使他的热血沸腾欢畅，但寒气注入他的毛细血管、潜入他的心灵，他的血液膨胀之后再紧缩，紧缩之后再膨胀，心脏好像要炸裂。陈时暗示自己："呼吸平衡，放松，放松。"

陈时昂首望向天空，几架广告飞机在天空盘旋，外形像莱特兄弟发明的小型飞机，只有一个小发动机引擎，机翼单薄，但是机身贴着五颜六色的广告图形和文字，驾驶员操纵着大鸟似的机器往武当市中心广场的人群散发广告传单。

本来拥挤的主干道上，又开过了几组摩托车，全部是清一色的女车手，她们穿着广告公司的制服，胸前斜挎着印有广告公司标志的红条幅，显得英姿飒爽；摩托车车组后面是几辆轿车，最后是几辆轻型车，车上安装喇叭，有节奏地宣传着企业的商品。

看着这一切，陈时心想：这几年，广告大战一浪高过一浪，1989 年流行"宋河"酒，1990 年喝"双沟"酒，1991 年换成了“孔府宴”酒，1992年又时兴“口子窖”酒。企业推销商品的手段越来越高，什么贱价甩卖、买一赠一、假一罚十、精品享受，等等。

陈时随手捡起几张传单，有营养保健茶、男性理疗环、女性护肤品、白酒、BP机等广告。广告词都写得优美、简洁、动听，几乎每一张都写着“幸运大抽奖”。

陈时留意女性护肤品的宣传单，有“雅芳”“白玉兰”等，“雅芳”产品宣传单上，一等奖是一辆轿车。陈时看着护肤品广告，仿佛看到护肤品抹在妻女的脸上，她们的脸变得更加粉嫩；抹在她们手上，她们的双手变得更加柔软。轿车还没有普及，陈时也早想拥有一辆。

陈时在市中心广场“雅芳”护肤品购销网点购买了二十五套化妆品，他想：用不完的就送人。

陈时拿着护肤品，走向兑奖台。他的二十五张兑奖券是连号的，第一张是“谢谢合作”，第二张是“感谢支持”，第三张是纪念奖……陈时想：抽奖推销商品，假的多，哪个公司会真正瞄一等奖？

到第二十五张奖券，最后一张了，陈时撕开，号码是“01020188”，他把自己的奖券号码与一等奖号码对照了一下，揉了揉眼睛，走近一看，号码对上了，一等奖！一辆轿车！他高潮几乎跳起来。

兑奖的小姐一愣，她看了一下，果然是一等奖的号码。

公司的经理、秘书等几个人在一起碰头商议。

“我们给他赖掉。”

“可是……我们公证过。”

经理最后拍板说：“舍不得孩子套不住狼，用他做典型，宣传我们的产品吧。”

经理走过来，面对陈时，问道：“这位先生，贵姓？”

“我姓陈。”

“请您出示身份证和奖券，到公证处办兑奖手续，”经理伸出手和陈时握手说，“恭喜！”

喇叭里播放着有人抽奖得到轿车的爆炸消息，人群向陈时涌来，脸上充满嫉妒、好奇、兴奋的表情。陈时钻到监理站设置的围栏里，维持秩序的工作人员拦住人流，喇叭里高喊：“请不要拥挤，保持秩序。”

当天晚上，陈时出现在武当市电视台的电视节目里。陈时不想以这种方式出现在人们面前，但是化妆品公司、公证处、广告公司都已经安排好，陈时一手提着二十五套化妆品，一手拿着轿车钥匙，不好意思地笑着；化妆品公司和广告公司则发表着他们的演讲，趁机推动他们的商品销售。

陈时在武当市一夜成名，他的故事仿佛成了神话，有人说他是爱妻儿，爱心得到回报；有人说他会占星术，能掐会算；有人说他天庭饱满、印堂发亮，是富贵之相；有人说他神经病，只是运气好。

陈时的故事推动了武当市“有奖大酬宾”的商品推销活动，刚懂事的中学生摔碎存钱罐，家庭妇女节约买菜钱，风烛残年的老人从银行取出养老的储蓄，人们从家里、从工作单位……仿佛从每一个角落涌向武当市中心广场购物抽奖。

车城大学的师生简直沸腾了，当年陈时自己办公司就曾经引起一些人眼红，但是花不多的钱，不付多少劳动，就可以得到一辆价值十八万元的轿车，这种相当于无本万利的投机，比什么都更吸引人。

二

欧阳珍的爱人高剑明生病住进太真医院分部的干部病房，欧阳珍在医院陪床护理。太真医院分部的干部病房坐落在郊外，主楼有四层，楼前是神定河，楼后是青翠的山岭，这里居民不多，半山腰上散落了几户人家。

干部病房里设备齐全，有臓彩电，集治病与休养于一体。高剑明虽然住院，但是看望他的人络绎不绝，电话往来不断。

欧阳珍悄悄离开病房，伫立在神定河前，神定河从西向东蜿蜒而去，河水浅而清澈，折射出太阳的光芒，闪耀着粼粼波光。神定河有一个美丽的传说，很多年前山洪暴发，巫婆说，必须有一名少女献身，山神才会让洪水平息。一名少女挺身而出，她奉献了自己，山洪真的平息了。从此，人们为了纪念她，把她当成河神，这条河也改名为神定河。

欧阳珍沉浸在美丽的风景与神话的传说中，竟然产生了幻觉：她看到对岸的松树摇晃不已，群鸟冲天飞起，犬吠羊峰峰，河水向上猛涨，鱼虾伏在水里艰难地呼吸，接着天空中飘起银蛇，水底跑出老龟，老龟凄厉地惨叫……

欧阳珍稳定了一下心神，天空仍然晴朗，微风吹拂在脸上，一派吉祥的样子。她想：眼花了，出毛病了。她径自回到病房。

吃过晚饭后，医护人员结束了对高剑明的诊治，护士回到值班室，欧阳珍在高剑明旁边的空床上休息。

欧阳珍打开电视，地方电视台转播中央电视台“新闻联播”，之后是广告时间，正当欧阳珍准备切换电视频道时，看到一则消息：通达经贸公司总经理陈时先生热心武当市经济发展，抽奖喜获一辆轿车，陈时在电视上喜气洋洋地表演，之后是公司的产品推介。看着电视上的陈时头发梳得精亮、脸色红润、神采奕奕，欧阳珍想：以前那个整天唉声叹气、形容枯槁、萎靡不振的陈时哪里去了？难道真的是树挪死、人挪活吗？

第二天，欧阳珍就听到有人议论陈时。

“你看武当市电视广告了没有？”

“看了。”

“有人抽奖，得了一辆轿车。”

“真是好手气。”

“我也要去抽奖。”

有的是羡慕的语气，有的嫉妒陈时的好手气。

医护人员每天面对疾病和死亡，但是对金钱的追求丝毫没有衰减。

过了两天，欧阳珍去市图书馆还快到期的书，打算再借几本。

市图书馆在武当市中心广场的后面，欧阳珍好不容易从抽奖的人流中挤到图书馆门口。图书馆已经关门，门口挂着牌子：内务整理，暂停开放。

欧阳珍敲敲门，礼貌地问熟悉的门卫：“你好，图书馆今天为什么不开放？啥时候开啊？”

“我也不知道啥时候开放。”

“我来一次不容易啊。”

“你看看门前抽奖的人堵住了我们的大门，再说了，现在很少有读者看书了，前一段还有读者看小说，这几天都忙于抽奖发财。”

“你们不是内务整理吗？”

“那是借口，没法上班才是真正的原因。”

欧阳珍无可奈何地向门卫道声：“再见。”

欧阳珍被中心广场上的人群挤来挤去，她突然也萌发了抽奖的念头，人是很容易受环境影响的。欧阳珍买了一些日常用品，只有三张奖券，她抽了一个纪念奖，得到一把牙刷。

三

吴宽从南方出差回家，在机场叫了一辆出租车，上车后闭上眼睛，欣赏音乐。车行驶到市中心，遇上塞车了。各种车辆排成长队，估计有两三里远。街道两边来往的人急匆匆地往中心广场跑，广场上黑压压的都是人。

吴宽问司机：“发生什么事了？怎么这么多人？”

“武当市这几天盛行购物抽奖活动，这都是去抽奖的。”

“抽奖活动假的多。”

“不，这次来真的了。前几天有个人抽到轿车，这几天又有人抽到摩托车、空调、席梦思床垫。”

“抽到轿车的，是哪个？你知道吗？”

“这几天电视反复播放，叫陈时。”

吴宽心里突然“咯噴”一下，他平时很瞧不起陈时，认为他老夫子气十足，学问又不高，但是陈时下海开公司，现在又有了轿车，比他强，他心里不服。他又想到刘深沉，他一直以为刘深沉是一个“花花太岁”，上不了台面，干不成大事，但是刘深沉开了自己的“燕飞乐城”，买了新房，他心里产生巨大落差。这次他跑了一趟南方，南方人“金钱至上”的价值观震撼着他。

吴宽让司机停车，自己当即下车直奔市中心广场。他准备也赌一次，到附近银行取了五千元，全部买了产品，换来一叠奖券。

一张一张地撕开奖券，对号码。周围的人都围过来看热闹，伸长脖子看吴宽对号码。过了半小时，没有什么爆炸消息，没有出现大奖。

吴宽得了一堆纪念奖，看着自己买的商品，纪念奖全是毛巾、牙膏、肥皂，吴宽气坏了，把商品和纪念品抛向空中，人群像小孩抢牺喜糖一样疯抢。

吴宽生气地回到家，吃完饭打开电视，看到一则新闻：堰丰公司作为中外合资企业，主营高科技产品，为感谢武当市人民惠顾，兹定于周日在武当市中心广场免费抛出奖券，有奖兑奖，我们还会在吉时抛出人民币现金。

阳台上听到有人高喊：“抢奖券！”，“捡钱去！”

电视重复播放几天，广场涌来越来越多的人，连武当市郊县的人知晓消息后都赶过来。年轻的想捡到钱娶媳妇，中年人要捡到钱盖新房，老年人想捡到钱养老。有人干脆风餐露宿，在武当市中心广场守候几夜。

市委政府出动了警察来维持秩序。

人们议论纷纷，许多单位担心职工明天不上班，工厂怕开不了工。

又过了两天，武当市电视台播放紧急通知：堰丰公司虚假广告宣传，涉嫌违法，责令停业整顿。请广大市民不要轻信谣言，回归正常的工作与生活。

中心广场上高音喇叭也反复播放着同样的内容：堰丰公司虚假广告宣传，涉嫌违法，责令停业整顿。请广大市民不要轻信谣言，回归正常的工作与生活。

在警察的劝说下，人群逐渐散了。天空适时下起鹅毛大雪，北风吹，剩下的人们冻得发抖，只好很不情愿地回家了。

第七章 炒股

一

1994年3月，武当市证券营业部正式开业。证券营业部设在武当市青年广场附近，八层楼的营业大楼与广场的喷泉、花草、红旗对应，显得典雅、气派。交易大厅十分宽敞，设有电脑行情显示屏、大户室等。

上海股市、深圳股市的狂风早已吹至武当市，一夜暴富成为百万富翁的传闻撩得武当市民心潮起伏、心神向往。武当市有几位处级干部主动辞职到南方“炒股”，有些人千方百计与沪深两地的亲朋好友联系，托他们购买股票。电脑系统运用到股市后，不少武当市民每天在电视上看股市行情。

证券营业部开业后，武当市民曾有的“只能做观众，不能做运动员”缺憾一去不复返了。一时间人头攒动，银行资金大量转移到证券部，尽管银行采用高息贴水和保值来吸引资金，但收效甚微。

陈时在课堂上讲过股份制、证券市场的课程，但对于股市具体操作仍很陌生。通过两年经商的商业实践，他认识到投机的重要性，尤其是中奖给他很大的刺激，他一大早就往证券部赶。

“莫道君行早，更有早行人。”陈时自认为自己行动积极，等他赶到证券部，门口已经排成弯弯的长队，刘深沉、吴宽，还有车城大学的一些老师已经在队列中，队伍中一些白发苍苍的老头老太尤其引人注目。

陈时向排在他前面的人打听：“你什么时候来的？”

“我也才到，听说昨天晚上就有人排队，前面的人都是换班睡觉。”

“现在股市又不像80年代初要买认购证之类，排队用处不大。”

“一些人相信排在前面，有好运。”

大约等了一个小时，证券部开门并正式营业，人群蜂拥而入，刚才已经排好的队形瞬间就乱了，保安人员出面维持秩序，好不容易才又形成有序的局面。

陈时是近视眼，因为离得远，看不清电子显示屏的数字。“卖证券报”“卖证券信息资料”，贩子们吆喝着，他们的资料一会儿就卖光了。

不少人在办理购买股票的手续，陈时一时拿不定主意，没有行动。

贩子们真有商业眼光，股市大厅有人在卖高倍望远镜，陈时不管是否被宰，买了一个望远镜，这样看起来方便多了。

电子显示屏上，上市公司代码、股价、成交价、上证指数、深证指数等数字变幻无穷，陈时仿佛在看魔术。

陈时出示身份证，交了手续费，办理了股民证等事宜。一些已经购买股票的股民在电子显示屏前看行情，随着股票价格的变化而变化着表情，自己购买的股票上涨了，就兴奋不已；股价下跌了，就垂头丧气；股价反弹了，又出现欣喜的表情。

陈时看得头晕了，肚子饿得咕咕叫。他先买了沪市的“延中”一千股、“市二百”两千股，又买了深市“金田”二百股。

中午休息，陈时与刘深沉吃了一顿饭，他们交换着对股市的看法，心里挂念着自己购买股票的涨跌情况。

下午一点多，股民显得情绪不稳，他们在交易大厅乱蹿，相互打听信息。一旦有什么风吹草动，他们就吓得脸上苍白无光，或者兴奋得手舞足蹈。大部分股民是工薪族，都希望自己能用一元钱换回一百元，甚至更多。如果全部亏损，后果会压得他们喘不过气来，老婆会骂，孩子没了上学费。

就这样，买进卖出，陈时也学会“炒股”了。陈时赚了一些钱，“市二百”的股价下跌，另外两个公司的股票价格上涨。

因为是“牛市”，股市总体上处于上涨的状况，大部分股民情绪高昂，股市成交量很大。陈时又投入了十几万元，除了继续买进沪市“延中”和深市“金田”外，还购买了“万科”“春兰”“外高桥”。

股市行情变化大，陈时爱人张雅芝很担心，他只是粗略地介绍，他买的曜涨势做。

二

在刘深沉的“燕飞乐城”，客人们的话题已经从汽车贸易转移到股票交易，上证指数和深证指数成了人们谈论的焦点，一些客人有时还为市盈率的预期争论得面红耳赤。

刘深沉逐渐从李芳娜死亡事件中解脱，心情日渐良好。他在证券营业部开业当天就花五万元买了“金田”“陕黄河”等，五天后，他购买的“金田”上涨、“陕黄河”没有涨，刘深沉粗略算账，赚了一些。

刘深沉让高雪莹打理“燕飞乐城”日常事务，他把主要精力放在股市上。高雪莹自己没有太多的资金“炒股”。她本来喜欢刘深沉，李芳娜在世时，她不敢动这方面的心思；李芳娜去世了，她就想抓住刘深沉的心。高雪莹停薪留职期快到了，她心里七上八下，她不甘心一辈子当车间工人，每天下班后一身油渍，累得连腰都直不起来。

刘深沉在股市上很活跃，买进卖出，但是他对中国股市发展规律还摸不准。他购买的两只股票被套牢了，而他又急需资金，看着股价一天天下跌，有时甚至是一秒秒地下跌，刘深沉像跌进万丈深渊，整日愁眉不展，李芳娜死后那阵子的神情又出现在刘深沉的脸上。

高雪莹很关心，问了刘深沉几次，就只见他眉头紧锁，眉心中的“川”字纹路显得深深的，烟灰缸装满烟蒂。

“你不懂，别问了。”

“你说说看，我也许能帮忙。”

“我被套牢了。”

“什么是被套牢？”

“就是股价只跌不涨，如果要卖，就会亏本。”

“亏得厉害。”

“嗯。”

他俩无言地坐了一会儿。高雪莹突然说：“我有办法了。”

“你有什么办法，快说。”刘深沉不放弃任何希望。

“我有一个同学叫王虹，在证券部当交易员，前天在公共汽车站偶遇。我和她在车上谈了不少，下车时她给我一张名片，说有事尽管找她。”

“你怎么不早说，名片在哪里？”

刘深沉接过王虹的名片，仿佛是他的救命稻草，他高兴地吻了吻名片，把名片吻得“吧吧”响。

“我去给她送点礼，让她吐露一些内幕消息，你的股票说不定就赚回来了。”

“好，我听你的。”

高雪莹出面请王虹吃饭，王虹是见过世面的，知道高雪莹有事求她。果然，一天晚上，刘深沉、高雪莹去了王虹家，他们送给王虹一条高级项链，还有红包。

离开王虹的那栋家属楼，走到一棵树下，刘深沉兴奋地抱住了高雪莹。自李芳娜去世一年来，刘深沉痛苦的感情、压抑的性欲、炒股带来的各种情绪的折磨，彻底释放出来，就像洪水冲破了大堤。高雪莹等待这一刻已经很久了，她迎合了刘深沉。在高雪莹看来，这不是两性的交融，这事关她的终身大事。他俩在树下忘情拥抱，忘记了深夜过往的人，忘了整个世界。

因为有王虹做内应，刘深沉倾其全部资金炒股，除了两只被套牢的股票外，他按照王虹指示的信息，购买了有关房地产开发、金融、电子产品等方面的股票，这些股票都赚了。

刘深沉发财了，他还清了所有贷款，增加了“燕飞乐城”投资，成了武当市股票市场的“刘百万”，成了武当市名人。

陈时的成名与刘深沉成名不可同日而语，大家都认为陈时成名纯粹靠运气，刘深沉成为了有头脑的金融投资家。

陈时频繁出入刘深沉的“燕飞乐城”，以前他俩在学校共事几年，只是点头之交，偶尔谈谈天气。现在，他俩成了好朋友，他们相互崇拜，把对方当成下海的英雄，觉得自己各自代表经济管理学院下海的一代人，陈时是中年从商的先锋，刘深沉是年轻教师中走经商道路的先行者，他们要在商海闪展腾挪，在人前踢得开。

三

吴宽在深圳证券交易所受到很大的刺激，武当市证券营业部的开业简直让他疯狂。

吴宽从 1989 年起开始办自学考试培训班，赚了不少钱，近几年帮助学校经营公司又得到一些收入。他存了定期存款五万元，其余都买了股票。吴宽认为股市充满投机，股市交易就是赌博。他看见刘深沉、陈时两人在从事股票交易，而且两人在一起吃饭、相互交流信息，他就产生了一种强烈的战胜对手的欲望。

欧阳珍对吴宽很不满意，几次说他不务正业，吴宽表面唯唯病，背后仍旧一意孤行。

吴宽炒股半年，亏损严重，他买的股票全部被套牢，他急得发疯，就差去跳楼。吴宽玩够了老板的派头，他不愿意做普通工薪族，出门不坐的士，手上不提“大哥大”，身边没有秘书，他不甘心过这样的日子。

吴宽私下找到公司的叶会计，怂恿她合伙挪用公款。吴宽说：“我们把公司赚的钱临时拿去炒股，赚到的钱肯定比银行利息高，之后我们再把钱还回来平账。”叶会计有些怕，但是吴宽坚持说，能赚到大钱，叶会计心动了，就和吴宽合伙挪用公款炒股。

吴宽像输红了眼的赌徒，有一分钱都要拿去赌。他想着，反正也是自己带领公司赚的钱，这美其名曰“拿社会的资产”去冒险。

吴宽拿公司的钱去炒股，结果全部亏损，这叫“偷鸡不成，反蚀一把米”。

吴宽慌了，挪用公款构成犯罪，他怕坐牢，只好“割肉”卖掉自己的股票，取出来还账，吴宽心痛得肠子都悔青了。

吴宽从商多年，现在亏得一塌糊涂。陈时、刘深沉成名发财，他自己败北，令他陷入深深的痛苦之中。

四

武当市证券营业部正式开业，欧阳珍没有赶时髦开户炒股，她不想破坏党政干部的形象，而且实在太忙，抽不出时间去。经济管理学院不少教职工在炒股，连固定的星期一教学法活动都变成“炒股经验交流会”。有些教师的主要精力没有放在教学上，而是放在股市。遇到股市上涨的时候，有些教师还私自调课。

欧阳珍不得不在教职工大会上强调纪律，党总支书记门佐则强调教师道德建设，但是炒股的教师依旧置之不理。欧阳珍想：一方面要管理，一方面要顺其自然。她相信过一段时间，教师对股市的热情会消减。

鲜花盛开晨阳里，

小鸟欢叫于丛林。

莘莘学子往教室，

文人雅士赏春景。

欧阳珍主讲现代企业制度与企业管理课程，学生对股份制、股票十分感兴趣。欧阳珍讲解了股份制的起源、本质和作用，回答了中国为什么要搞股份制，提出了中国实行股份制的道路；她还讲了现代企业组织结构。学生们听得入迷，欧阳珍望着他们专注的眼睛、快速笔记的神态，感到十分欣慰。下课后，学生就围过来问有关这方面的问题。

班上有一位学生是校学生会主席，他邀请欧阳珍面向全校学生做股份制的专题讲座，欧阳珍欣然答应了。

海报提前贴在公告栏上，欧阳珍成为全校瞩目的焦点。欧阳珍主讲的题目是“市场经济与中国股份制模式选择”，报告在晚上七点半开始，阶梯教室里早已坐满学生，欧阳珍开始演讲后，还有学生往里面涌，许多学生站着听课。

扩音器把欧阳珍洪亮、圆润的女声恰到好处地送到教室的每一个角落，她的讲演多次被热烈的掌声打断。两个小时的讲座结束了，学生们意犹未尽，他们纷纷向欧阳珍提问。

各种提问的纸条传递上来，欧阳珍精选学生提的主要问题进行回答。

问：“股份制是不是搞私有化？”

答：“不是。股份制是一种符合市场经济的公有制的实现形式，中国的股份制是坚持社会主义原则的。”

问：“东风公司将如何改革？”

答：“具体，我不好回答。小型国有企业的改革，可以放开搞活；大型国有企业，国家必须处于控股地位。”

问："您炒股了吗？"

答："没有，但我感兴趣。"

欧阳珍反过来问学生："学校老师炒股，你们喜欢吗？"

一个老成的学生说："现在的学生崇拜那种既有知识又有商业实践的老师。学生看到老师腰挎 BP 机，手提'大哥大'，往往十分崇拜。对老师炒股，学生不反对。"

欧阳珍又问："有学生炒股吗？"

另一个学生回答："户口在本市的学生有炒股的，他们家里有钱。"

讲座结束，两位学生干部送欧阳珍回办公室，他们帮欧阳珍提着包，显得十餘拜。

经济管理学院的学生听了欧阳珍的讲座，对股市操作很感兴趣，也想请欧阳珍做讲座。欧阳珍说："我对股市操作不太懂。"学生软磨硬缠，欧阳珍答应为他们请专业人员做讲座。

专业人士讲解了股票价格的影响因素、基本操作方法、炒股心理、注意事项。讲课结束后，欧阳珍做了引导，她说："我不赞成学生花大量时间炒股，大四的经济管理学院学生把炒股作为业余实践是可以的。"

欧阳珍在车城大学关于股份制、股票的演讲引起有关人士的注意，很多工厂、学校都请她去做报告。

一家汽车公司正在推行股份制改革，从公司高层领导到普通工人对股份制十分关心，公司宣传部门领导专程请欧阳珍为公司职工做报告。

工人俱乐部，一万多个座位座无虚席，人们的目光集中在主席台欧阳珍的身上，破天荒的没有出现嗑瓜子、交头接耳的现象。

欧阳珍的报告结束后，俱乐部内的掌声经久不息，主持人请欧阳珍回答职工所提出的相关问题。

“股份制公司实现‘新三会’制度，职工代表大会往哪里摆？”

“公司内部持股如何推行？”

“公司推行股份制，要裁减一些工人，失业工人怎么办？”

欧阳珍妥善把握了政策尺度与具体操作方法，令工人们折服。

获悉欧阳珍的影响力后，该汽车公司分管思想政治工作的党委副书记又邀请欧阳珍为处级以上的干部做报告。

处级干部平时只认上级领导的脸色，但他们对欧阳珍的理论水平表现出了难得的尊重。

照例，报告结束后，处级干部们向欧阳珍提问。

“国有股权的代表是谁？”

“国有股能否流通？外资如果收购国有股，怎么办？”

“企业法 AM 位如何确立？”

欧阳珍的回答，理论分析到位，具体措施具有借鉴作用，会场响起雷鸣般的掌声。之后，欧阳珍被聘为汽车公司股份制改革的高级顾问。

第八章　悲欢离合

一

1995年元旦，高雪莹在家庭晚餐后，向父母提起了自己的婚姻大事。

高雪莹的母亲是一个集体企业的工人，刚洗完碗坐到沙发上，听女儿说有对象了，她很高兴，女儿已经快27岁了，做娘的着急。

高雪莹的父亲是国有大型企业的钳工，军人出身，他抽着烟、喝着茶，刚才喝了二两白酒，电视节目似看非看，他在听娘儿俩的谈话。

“快跟我说说，人长得咋样？是哪个单位？多大年龄？家在哪里？”

高雪莹说：“你在查户口啊！”高雪莹谈了刘深沉的一些情况。

听说是武当市的股票大王，她妈妈笑得合不拢嘴。

“好，好，就是年龄稍微大一点。”

“才大五六岁啊！”

“他家里会不会嫌弃我们家好头老百姓？”

“不会。再说了，是我和他两个人过日子。”

“妈，你同意了。”

高雪莹的妈妈笑着，看她爸爸。

高雪莹的爸爸问：“他是高干子弟、大学生，又有钱，怎么三十多岁还没结婚？”

高雪莹说：“他结过婚，老婆死了。”

“有没有孩子？”

“没有。”

听说是二婚，高雪莹的爸爸有些生气，不太情愿这门婚事；高雪莹妈妈则说：“你女儿多大了，还挑？”

刘深沉的财富是一个巨大的磨码，仿佛是高雪莹婚后幸福、富足的保障。

高雪莹的爸爸想一想，也是这个道理，只好同意了。

第二天早上，刘深沉和高雪莹开着自己新买的轿车直接开到高雪莹家。

轿车开进家属院，喇叭声引起了人们的注意，刘深沉的出现让邻居们都好奇地从窗户往外看。

刘深沉拎着名贵礼物，给高雪莹爸爸的高档烟酒、皮装；给高雪莹妈妈的化妆品、补品；给高雪莹弟弟的名牌运动鞋、高档录像机。

一进家门，刘深沉热情地打着招呼：“伯父好、伯母好！”

客厅里，高雪莹的家人和刘深沉聊了一些家常，高雪莹的母亲又问了刘深沉一些情况。

中午十二点，开饭了，家宴挺丰盛。

刘深沉买的茅台开封了，酒香溢满高雪莹家，刘深沉陪他未来的岳父喝酒，高雪莹的父亲是军人，嗜酒如命，好酒一喝进肚子里，他的话自然而然地多了。他和刘深沉谈兴浓厚，从自己当兵谈到进厂当工人，从政治形势谈到股市。他觉得刘深沉知识面广，为人聪明，两人谈得十分投机。

一顿饭吃下来，刘深沉与高雪莹父母相处融洽，两人的婚事就这样确定下来。

刘深沉与高雪莹办了结婚证，他们决定一个月后结婚。高雪莹缠着刘深沉买家具和电器，走进电器商城，彩色宽幅立体电视诱惑着老老少少们驻足观看，屏幕上，港台歌星歇斯底里地歌唱，歌词一句一行地跳出来，呈现在人们的眼前，音响震动得人们要癫狂，促销小姐端庄地站在旁边，他挤上去一看：东芝彩电，48760元。

刘深沉注意到“长虹红太阳”系列，他以前买的就是长虹彩电，当时是19英寸，市价2780元，现在29英寸，标价5780元。

刘深沉和高雪莹继续往前走，“王牌”“长虹”“日立”“飞利浦”，名牌彩电应接不暇，刘深沉一眼望去，不同的彩电，不同的画面。有端庄的播音员在播放《新闻联播》；有中国古典戏剧在上演；有解放军在边防哨所；有身着睡衣的两个美女相对而坐，喝咖啡谈心；有中国西北农民头缠毛巾在唱《信天游》。声音嘈杂，刘深沉感到自己被导入影视创作者的心灵世界。

刘深沉被变幻不定的画面吸引，被画面创作者的潜意识吸引。海浪冲天，海豹表演，海象游戏，海龟遨游；拳击手对打；细胞分裂，胎儿在孕妇肚子里微动；滑雪运动员在林海滑雪，狼在森林追踪羊。刘深沉身体像被磁铁吸住，站立在那里，眼睛直盯着画面。

突然，他的肩头被高雪莹一拍，他惊醒了，

“喂喂，你挑中哪台彩电？”高雪莹打断了刘深沉的联想。

“你看中哪台，就是哪台。”

刘深沉对逛商场不感兴趣，他陪高雪莹逛商场纯粹是尽义务。从一个柜台到另外一个柜台，从一楼到四楼，刘深沉陪着高雪莹机械地走动，他既要摆出一副旁若无人的老板样子，又要显得喜气洋洋，让高雪莹高兴。两人逛了大半天，购买了全套飞利浦家庭影院，还买了其他东西，高雪莹很兴奋，像小鸟一样在刘深沉边上叽叽喳喳，刘深沉则格外疲惫。

购买家具、装饰新房、照结婚照、新郎新娘化妆，刘深沉与高雪莹完成了城市男女结婚必经的过程。

1995 年 5 月 8 日，刘深沉和高雪莹在全市最高档的酒店举办了结婚仪式。刘深沉身穿名牌西服，佩戴新郎礼花，高雪莹身披白色婚纱。刘深沉与高雪莹走进装饰了塑料花和双喜字的红色婚车，婚车后是二十八辆轿车，一时间，街道上不少路人驻足观看。

“这个人很有排场，肯定有钱。”

“现在就时兴这样，没钱也要这样办。”

刘深沉和高雪莹在伴郎伴娘的陪伴下双双立在门口，新婚夫妇头上撒满了零散的五颜六色的礼花，刘深沉显得有点滑稽，高雪莹则楚楚动人。

每个来的客人都塞红包给刘深沉或者高雪莹，刘深沉、高雪莹重复说着感谢的话，高雪莹显得落落大方，见不同的人说不同的话，而刘深沉则显得机械、沉闷，千篇一律。

结婚仪式后，刘深沉、高雪莹照例给每桌客人敬酒，其中不乏闹酒的人，刘深沉巧妙地偷偷把酒换成水，偶尔有细心的人发现，也会原谅，不会当场说出来，大家都理解，几十桌的敬酒全部喝下来，新郎必醉无疑。

镁光灯在闪烁，摄像机的镜头对准他们，刘深沉想：结婚，真不是两个人的事，是社会关系的延伸，意味着责任。

喜宴结束了，客人也离开了。刘深沉与高雪莹又回到婚房，高雪莹放了一曲歌颂爱情的歌，两人相拥着跳起舞来，高雪莹彻底陶醉了，她闭上眼睛，她在用心灵体验那份幸福：你是那山峰，我是那白云；你是那柔软的柳树，我是那微风。

刘深沉的眼里幻化出李芳娜，他仿佛听到了李芳娜的呼吸、闻到了李芳娜特有的体味……

刘深沉与高雪莹结婚后，开始了蜜月旅行，他们先坐火车到成都，品尝天府之国的小吃，瞻仰乐山大佛，攀登气势磅礴的峨眉山，感叹风景秀丽的都江堰，栖息在山林青翠的青城山；之后，逛重庆朝天门，游三峡，下宜昌；转湖南，陶醉在张家界；又到桂林，泛舟漓江之上；最后抵达南国门户深圳；然后回到武当市。

二

除夕之夜，武当市却显得静谧，武当市属于禁鞭城市，空气中缺失了以往过年热热闹闹的气氛。刘深沉和高雪莹吃完团圆饭，一起看春节联欢晚会节目。

“你怎么心不在焉？”

“没有。”

“想你的前妻了吧！”

高雪融见刘深沉准备了纸钱之类的东西。

"那只是一种仪式，你不要放在心上。"

"你的心思还能骗我？"

刘深沉与高雪莹因为李芳娜吵过几次架，其中吵得最凶的一魂高雪莹不响深沉挂出李芳娜的遗像，而刘深沉坚勃挂。争吵的结果是李芳娜的遗像没有挂成，她的生前照片被压在箱底，但是刘深沉反而更怀念李芳娜，遗像从墙上的镜框转移到心底。

十点多，刘深沉伫立在夜风里，点燃香烛，烧纸钱，两手合十，心里默念："保佑我新年发大财，保佑我新年得贵子！"不远邳着酒瓶，早有好烧过纸钱告慰过亡灵了。

刘深沉回到家里，坐到沙发上，神情木然，高雪莹躺在沙奸看电视。

"给她纸钱，你也要给我一些活钱花。"

"'燕飞乐城'的收入都归你掌握了，你还要多少钱？"

"人家说男人有钱就变坏，只有钱全部在我手上，你才能听我的。"

刘深沉不理她，点燃一支香烟。

"不许抽烟，你抽烟，我也抽。"

刘深沉反对女人抽烟，他看见女人抽烟，往往把她们和荡妇、狼女、妓女联系到一起。

"你应该跟我一起去。"

"哼，让我去拜她？！"

"电视上都是这样演的。"

"想得美！"

不想影响高雪莹，刘深沉到阳台抽烟，心里比较了李芳娜与高雪莹，他觉得李芳娜纯情、对人体贴；高雪莹则庸俗、虚伪、浮华。李芳娜已经作古，他必须自己活下去；他不满高雪莹，但是他必须敬重她，她是现实生活中的妻子，妻子这个名义是一个重要的符号，它是一种社会实存，难以否认这个符号，他必须适应她，刘深沉必须在夫妻关系的光环下生活下去，它的光芒耀眼，刘深沉就能获得光耀；它的光芒暗淡，刘深沉就活得促狭。

三

吴宽炒股失败，心灵受到很大打击，做一切事情都觉得索然无味。这一年，吴宽的爱人方南兰提出了离婚，对吴宽而言，更是雪上加霜。

吴宽与方南兰已经分居一段时间了，一方面，吴宽觉得破罐子破摔，“强扭的瓜不甜”；另一方面，吴宽又担心孩子怎么办；最后，吴宽又想，儿孙自有儿孙福，最终同意了方南兰的离婚要求。

吴宽回答说：“你写离婚协议书吧，写好后，我们到街道办事处办手续。”

方南兰的离婚协议书陈述了离婚的理由、孩子的抚养、财产的分配。孩子由方南兰抚养，男方承担抚养费；两套房子是各自所在单位福利分配，房屋产权归各自所有；存款十万，共同分配。

吴宽与方南兰的离婚手续十分简单，婚姻登记处的女工作人员见他们双方自愿，财产分配、孩子抚养方面没有异议，当场就给他们办理了离婚证明。

吴宽与方南兰吃了分手饭，吴宽说："夫妻一场，好聚好散。"两人相对无语，方南兰喝了一杯饮料，低着头。

这对夫妻曾经有过美好的爱情，共同抚养孩子也曾给他们带来了劳动之余的快乐。

二十多年前，吴宽与方南兰也曾相对而坐，那时他们都是风华正茂的大学生，在一个狭窄的小胡同里有一个小小的茶室，他们要了两杯茶，也是这样沉默无语，但彼此关注着对方的眼睛，听得见对方心脏的狂跳及起伏的呼吸声。

时光流逝，多年后，在餐厅一角，摆着五支蜡烛，三个人圆桌而坐，一个天真的小女孩唱着童稚的歌，她点燃了这几支蜡烛，她不知道这几支蜡烛代表着这对夫妻的结婚五周年，她父母让她点燃这几支蜡烛，让它们点燃父母的爱情之火、希望之火。孩子点燃了这几支蜡烛，她看到了父母眼神里流溢的快乐与幸福，她拍着小手，她笑得多么快乐啊！

"夫妻本是同林鸟，大难临头各东西。"

是什么毁灭了他们的爱情？

几年前，方南兰所在的企业经营状况很差，产品积压。正在这时，上海市郊的一个企业老板带来订单，方南兰被派去接待，在喝酒时，方南兰被上海老板摸了大腿，她忍无可忍，正准备发作，结果倒在满脸横肉的老板身上。迷魂药让方南兰付出了惨痛的代价，等她醒来，上海老板赤身裸体地躺在她的身边。事后，方南兰忍不住良心的折磨，向吴宽坦白了受辱过程，吴宽像吃了苍蝇一样难受。他俩开始冷战，出现了感情真空。加上吴宽经商后，两人聚少离多，感情出现问题。

这顿饭，两人只吃了半个小时，方南兰坐上开往自家方向的汽车，汽车排放着大量的尾气，吴宽掩住口鼻，目送着汽车消失在视线中。

吴宽在马路上漫无目的地走着，走了一个车站又一个车站，从起点到终点。这是汽车的轨迹，那么他的人生轨迹是什么？吴宽走累了，在路边小公园停下来。

吴宽想着自己的出身，那是一个小山村，木板床上一声啼哭，他来到人间。为了摆脱贫困的生活，他曾经在军营这个大熔炉下苦练本领，曾经在大学图书馆安静学习，曾经在灯下兢兢业业工作。年过四十了，是什么让自己躁动不安？

北风吹割斜月垂，
游人徘徊松林醉。
扑朔迷离灯与影，
悲欢离合人与情。

第九章　股市沉浮

一

1996年4月初，股票市场出现了从“熊市”转变为“牛市”的迹象，龙头股“深发展”连拉十八根阳线，带动大盘一路上涨。“深发展”也从八元涨到十六元，一个月整整涨了一倍！股市好像是一头疯牛，没有控制也没有节制地横冲直撞。股市上人们蠢蠢欲动，武当市又出现了新一轮的“炒股热”。

刘深沉在前几年尝到炒股的甜头，觉得自己的机会又来了，他先是投入五十万元资金炒股，看到炒股的收益翻倍，他变得疯狂。一只东北电，一天就从七元拉到十五元，当天涨幅超过100%！刘深沉疯狂地把前几年赚的百万资金全部投入股市，他成为当然的大户，成天坐在大户室炒股。

股市行情仍节节攀高，吴宽认为自己翻身的机会来了，把离婚时与方南兰平分的钱全部取出来炒股，看到从股市上赚的钱翻了几倍，脸上出现了难得的笑容。

陈时也不是局外人，他取出二十万元在股市上投机，短线操作。

1996年国庆节后，股市全线飘红。陈时看到股市只涨不跌，他感到奇怪。4 月份以来，沪市从 512 点升至 1200 点，深市从 942 点升至 4500 点，沪深两市累计升幅分别为 136% 和 376%。从 4 月 1 日到 12 月 9 日，上证综合指数涨幅达 120%，深证成分指数涨幅达 340%。深市股票平均市盈率比年初涨约为 12—15 倍，沪市股票平均市盈率涨约为 18—22 倍。陈时以前讲授过《证券管理》的课程，他认识到股市发育不成熟，还不是很规范，事情必然有蹊跷，他抽出大部分股金，其中一部分他买了房子。

1996 年 12 月 12 日，大盘跌 5.44%。上证指数开盘就到达跌停位置，除个别小盘股外，全日封死跌停。次日仍然跌停，大盘跌 5.70%。1996 年 12 月 16 日，是个“黑色星期一”。这一天，股市所有的股票几乎全部跌停板（仅一只飘红）。这一天，深沪股市的交易量仅为二十一亿元，比之上一个交易日的三百五十亿元，相差高达三百二十多亿元。12 月 17 日，大盘再度跌停！12 月 18 日，深沪股市分别低开 8.6% 和 3.6%，但当天出现反弹大盘反弹，涨 7%，然而 12 月 19 日大盘再跌 7%。

证券交易厅里，股民们心急如焚，一个个垂头丧气、神色紧张，大家都担心第二天大盘再跌停。人们都想做一件事：抛出手中的股票。那些大户室的股民更是如坐针毡，他们感到世界末日来临一样，惶惶不可终日，尤其是那些透支或挪用公款炒股的股民，有的大户已经跳楼了。

略动荡，刘深沉持有的曜跌得很惨，百万资金都赔光，他很心痛，开始骂娘。

二

吴宽又失败了，他今年买的股票全部下跌了。万幸之中的，是他在“黑色星期一”前留下四万元作为女儿的抚养费，这四万元给了他些许安慰。

朋友带着吴宽到酒店喝酒散心，“狐朋狗友”轮流轰炸，酒席上猜拳行令，吴宽喝酒、吃饭却觉得寡然无味。

酒席散了，朋友又带吴宽到舞厅跳舞。因为事先有约，他们一伙人刚到舞厅，就被服务生带进舞场。

舞曲《年轻的朋友来相会》，吴宽和朋友坐下来欣赏，朋友点了饮料、啤酒、瓜子，他们边喝边聊。

又来一曲是“慢四”舞曲《娘子爱许仙》，陪舞女郎挺主动地请吴宽跳舞，吴宽喝多了酒，勉强跟着节奏跳舞，不时踩到舞伴的脚。

一曲终了，吴宽回到座位，和朋友嗑瓜子、喝饮料。

“慢三”舞曲邓丽君的《爱情如风雨》，曲调低沉轻柔。

爱似轻风　情似细雨

风雨已过去

多少风雨　多少情意

我有多想你

想你呀　想你

我想你　又不能见你

不能见你　不能见你

我只有想你
爱已过去　情已过去
爱情如风雨
多少歌声　多少笑语
留在我心里
想你呀想你
我想你　又不能见你
不能见你　不能见你
我只有想你
爱似轻风　情似细雨
风雨已过去
多少风雨　多少情意
我有多想你
想你呀想你
我想你　又不能见你
不能见你　不能见你
我只有想你

这次陪他跳舞的是一个矮个子的女孩，法国香水味特浓，吴宽保持小步伐前进，偶尔旋转，闪展腾挪。舞曲结束了，女孩想跟定吴宽，吴宽却摆脱了她的手。

播放流行歌曲《大花轿》，舞曲热情奔放，大家散漫地自由舞动，吴宽跳得东倒西歪。

太阳出来我爬山坡
爬到了山顶我想唱歌

歌声飘给我妹妹听啊听到我歌声她笑呵呵

春天里那个百花鲜

我和那妹妹呀把手牵

又到那山顶我走一遍啊

看到了满山的红杜鹃

我嘴里头笑的是呦啊呦啊呦

我心里头美的是啷个里个啷

妹妹她不说话只看着我来笑啊

我知道她等我的大花轿

下一个是“快三”，吴宽有些头晕，他没有站起来跳舞，一个高个子女郎请吴宽喝酒，吴宽被酒精烧得兴奋，不由自主地和女郎喝了两杯洋酒。

舞厅里连续播放了《好人一生平安》《甜蜜蜜》《千年等一回》等。

“快四”舞曲，高个子女郎请吴宽跳舞。吴宽浑身无力，站不疑，他感到舌头发麻，头重脚轻，坐在凳子上感到天旋地转，歌舞厅嘈杂的声音像朔风一样往他耳根子刮，显然他喝醉了。

最后一个舞曲《友谊地久天长》响起，吴宽的朋友搀扶着他走出了舞厅。

三

吴宽炒股失败，辞掉副院长职位，把一个散摊的公司交还给欧阳珍，学院的行政事务与公司的业务缠得欧阳珍头疼。

欧阳珍看了公司账本，账本显得严密，应收款十六万元，应付款十五万元，存货两万元，存款四十万元。

吴宽一走，一下子难得聘请一位总经理来经营，其他几位职工也没有心思在公司上班，欧阳珍对公司的局面乱了分寸。

学院的职工见吴宽辞掉行政职务，没有副院长的头衔了，就敢在公共场合指责他的过失，有人指责他把钱卷走了，有人指责他在娱乐场所鬼混。在党总支召开的会上，一些党员批评吴宽不是称职的党员，更不用说当副院长了。

欧阳珍想：吴宽在任时，没有人敢说。这些人指责吴宽，应湘证据。

欧阳珍发愁的是公司还办不办？如果办下去，谁来办？

欧阳珍把她的顾虑告诉大家，会场上乱糟糟的，有人说："办什么公司，我当初就不主张办。"

有人则反驳："公司已经成立了，就要继续办下去。关键是选好经理。"

有几名教师当场表态要接管公司。

门佐没有表态，会议拖了很长时间才散会。

欧阳珍拖着疲惫的心往家里赶。

冬夜，只见弯月悬空，寒星点点，欧阳珍下车后走在街道上，一对情侣在街头散步，远处舞厅里传来靡靡之音，欧阳珍心事重重地走着，路灯忽暗忽明，把她的身影一会儿掩盖，一会儿拖得很长。

欧阳珍回市府大院的家属楼，高剑明有应酬，还没回家。保姆把饭做好了，欧阳珍与保姆胡乱吃了点饭，两人没有说话。保姆很乖巧，她在欧阳珍家待的时间长，对家里的情况与各人的性格也摸透了，她见欧阳珍有心事，只顾自己吃饭，她无法替欧阳珍分忧，只好以勤勉的工作来减轻欧阳珍的负担。

欧阳珍坐在书桌旁，她最近想写一本《金融风险控制》，资料堆积了两尺厚，也没有时间整理。做学问，必须心静，如果心乱，则无法静坐，坐不下来，何来学问？

晚上，欧阳珍实在难以入眠，好不容易睡着了，半夜又从睡梦中醒过来。“起床吧。”欧阳珍揭开被子，打开床头灯，趿上鞋，自言自语起来，

“几点钟？”

“2 点 15 分。”

欧阳珍起床倒了一杯开水，慢慢喝。

想关了壁灯接着睡觉吧，但就是睡不着，谁家水管滴水？石英钟摆来摆去，电冰箱在运转，冷凝器旋转的声音挺大。

欧阳珍练习起长沙马王堆催眠功的歌诀来：“夜阑人静万念消，松恬圆远任风飘；意守泥丸封七窍，怡然自得飞九霄。”

但还是睡不着，欧阳珍的思维停不下来：“我的专著收集了不少资料，提纲没有写出来，头脑对资料没有整体把握。”

石英钟敲了五下的时候，欧阳珍好不容易睡着了。

第十章　调整心态

一

1997年，亚洲爆发金融危机，许多国家和地区深受其害。武当市最大的汽车企业也出现了危机，产品积压，卡车卖不出去，工厂大量裁减工人，职工的工资扣发或者缓发。联营厂家一下子“断粮”，没有了龙头企业的订单任务，这些配套厂家就无法运行。

车城汽车公司还加强“打假”力度，几年前出卖技术图纸的档案员被揪出来，吴宽也被连累，侵犯知识产权被法律列为重点打击行为，吴宽因此被学校开除。

吴宽心灰意冷，炒股丢了老本，接着离婚，最近又被单位开除。离婚后，老婆孩子都搬出去住，房子里冷冷清清，吴宽踏上了回老家的路。汽车在路上颠簸，乘客都说老家话，吴宽听着亲切。

到老家第二天，吴三宝被请到吴宽哥哥家喝酒。吴三宝现在发财了，在县里他可以说是首富，盖了小别墅，买了轿车，出手阔绰。

吴三宝与吴宽形成鲜明对比，踌躇满志、神采飞扬；而吴宽则垂头瘁、愁肠满结。

吴三宝说："哥们儿，我现在的一切都是你带来的，你有什么苦恼，尽管倒出来，我两肋插刀，说一不二。"

吴宽喝得醉醺醺的，他觉得把满腹心思倒出来，才舒坦一些。他把自己的倒霉事全说出来，还告诉吴三宝：他没有供出吴三宝买技术图纸的事情。

在座的还是头一次嘲吴宽离婚的事情，都十分吃惊。

吴三宝对吴宽充满感激，觉得吴宽够义气。他安慰吴宽："哥们，别愁，让我老婆给你介绍一个黄花大闺女，我老婆是当地的媒婆，神通广大，我打包票，为你物色一个漂亮姑娘。"

吴宽抬起头，不经意地看了吴三宝一眼。

吴三宝接着说："哥们还有一条发财之道。"

吴宽开始感兴趣，忍不住问："什么财路？"

吴三宝说："你知道明代农民起义领袖张献忠吗？"

吴宽回答："知道，看过小说《张献忠起义》和《李自成起义》，李自成与张献忠襄阳市谷城县相会，是经典情节。"

吴三宝神秘地说："据说张献忠在武当山某山洞里藏有宝藏，一些人发现了线索，在找藏宝地址。"

吴宽的眼睛睁开，仿佛见到明代王爷嘴里的龙珠和头上的王冠。

吴三宝见吴宽感兴趣，就说："你不要着急，先在老家找一个姑娘结婚，等安定以后，我们再找宝。"

吴宽也觉得成天飘在餐厅、舞厅，确实不成样子，而在武当市寻找配偶，除非找二婚的，拖家带口，给自己添麻烦，在老家找一个也好。

思谋已定，吴宽说："行，难为你一片好心，干杯！"

过了三天，吴三宝的老婆风风火火地来了，“哎呀，兄弟，你可回来了，也不到我家坐坐”。

“过两天肯定去。”

吴三宝老婆坐下喝茶，茶叶是老家自产的。

“吴宽兄弟，你猜我给你介绍的是谁家格？”

“谁？”

“就是前村老倔头程春山的二姑娘。”

“哦！”

“那姑娘长得要多漂亮有多漂亮，五官端正，一双眼睛水灵灵的，细高个子，大屁股，肯定生儿子。”

“哦，提了什么条件？”

“她家里穷，她哥哥凑不齐彩礼，娶不上媳妇。她爸爸提了条件，不过，这些条件对大兄弟就算不上什么事！”

“说说看。”

“要一万元彩礼，结婚时要彩电、冰箱、摩托车、洗衣机。”

吴宽沉吟一会儿，“先见人再说”。

吴宽跟着吴三宝老婆，走进前村程春山的家，砖房底矮，屋里空空荡荡，只有一张桌子和几把凳子。

那姑娘长得五官端正，只是乡里乡气，有些害羞，但不失机灵。她的芳名叫程琳红，初中文化。

吴宽已经40多岁，在这位只有20多岁的姑娘面前多少有些难堪，他找不准自己的角色，是她父亲？是她大哥？还是未婚夫。

程春山比较穷，吴三宝老婆轻易就把他们说服了。姑娘看过邻居家的电视，她多想走出山沟，看看外面的世界。

走出程春山的家二十米开外，吴三宝老婆问：“咋样？”

吴宽说："过得去。"

吴三宝老婆有点欢喜，又积一次德，而且还有谢媒的钱，"你同意了？"

"嗯。"

"我这就去程春山家商量订婚的日子。"

"这么急。"

"喜事，就要趁热打铁。"

吴宽说："随你。"

吴三宝的老婆与程春山协商确定了吴宽与程琳红订婚的日子，在农村老家，订婚是一件彳艮重要的事情，女方已经托付终身，男方不得反悔。

吴宽与程琳红的年龄实在不般配，有一次，他们到县城买衣服，售货员一再夸奖程琳红："你闺女真漂亮！"弄得吴宽哭笑不得，程琳红的脸红到耳根子。

吴宽与程琳红到镇婚姻登记处，办理结婚登记手续，工作人员一脸诧异，一再询问程琳红是否自愿，仿佛吴宽拐骗勾引良家妇女。

在一间新修的不算宽敞的屋里，吴宽与程琳红过了洞房花烛夜。

天已经黑了，听房的人在房前打哈欠，他们见洞房内已经熄灯了，但一直没有听见窸窸窣窣解衣服的声音，也没有喘息呻吟声，胆大的小伙子从窗口向内望，吴宽坐在黑影里，似乎在抽烟，小伙子骂道："真没出息。"

"是不是已经不中用了！走吧。"

"再等等。"

巨大的好奇心刺激着他们，他们按捺住自己不耐烦的情绪，重新坐在黑暗里。

程琳红没有解开衣服，她用龙凤新被稍微盖了一下身子，腿和脚伸在外面。她一方面是惧怕，她在男女性爱方面的经验还是零；另一方面又有某种期盼。吴宽坐在那里抽烟，她变得急不可耐，她不希望自己的初夜在寂寞难堪中度过。

吴宽坐在那里抽烟，他知道外面有人要见他的笑话，他在拖延时间。吴宽的心里十分复杂，他利用这个时间想着近几年经过的事情。

夜更深了，听房人终于坐不住，都离开了。

吴宽扔掉烟头，脱掉衣服，走到床头，摸到程琳红的身躯，程琳红成了他的第二任妻子。

二

欧阳珍的老母亲被送到欧阳珍家。欧阳珍在家里排行老大，有两个弟弟，都在老家务农，欧阳珍的父亲已经去世，母亲和两个儿媳妇合不来，经常为了灶台间的小事、小孩的抚养、老人的衣食住行吵得家里不得安宁。欧阳珍的弟弟起初对媳妇拳脚相加，但媳妇要么就不给洗衣做饭，要么就不好好带孩子，弄得家里鸡犬不宁，两个弟弟对媳妇也无可奈何，只有看着老娘在屋角孤独地哭泣。无奈之下老娘提出到欧阳珍家里住，两个弟弟顺水推舟，就把老娘送到欧阳珍家里。

欧阳珍老娘来了，在住的方面首先出现了问题，欧阳珍的房子是三室一厅，以往欧阳珍夫妻住在主卧，女儿住次卧，保姆住一间，现在老母亲来了，欧阳珍让她和谁住呢？和女儿圆圆住不现实，现在的独生子女娇气、霸道，圆圆占领自己的小天地，不会让人和她分享小天地。欧阳珍只好让母亲和保姆挤一起住。

欧阳珍的母亲60多岁，经常参加劳动，身体倒是健康，就是不适应城里的生活，每家每户住一个单元房，家家户户把门关得死死的，人与人相互不往来，楼上楼下的人擦肩而过，最多打个招呼，欧阳珍的母亲与城里人语言不通，老人整天守着一部电视机，仿佛关在牢里，群亲牢骚满腹。

欧阳珍的母亲待了一个月，欧阳珍感到家里的人际关系发生了变化。圆圆不爱学习，爱交朋友，和别人比穿戴，她不习惯姥姥的一些习惯，比如随地吐痰、进门不换拖鞋、吃饭时响声大、把残渣丢地上。欧阳珍叮嘱过老人，但是老人的习惯一下子难以改变。圆圆起初在脸上现出鄙夷之色，后来干脆要和姥姥分开桌子吃饭。

高剑明对老人的态度很圆滑，他不能说不养，否则会背上不孝的恶名。他对老人客客气气，欧阳珍反倒是觉得十分见外，欧阳珍想：当官的人对任何事都有一套。只不过，欧阳珍仔细观察，高剑明对老人还是有不满之处的。比如老人迷信，在家里摆香桌，供奉水果，每逢初一十五焚香祷告。有时，还点香烟、上酒，欧阳珍知道，老人的灵魂活在死去的丈夫身上，老人立在香桌旁，双手合十，嘴里念念有词，心已经飞到另外一个世界去了。

老人在香桌上还摆了各路神仙，虔诚敬神。欧阳珍知道高剑明骨子里的想法：敬人或者求人不如求己，尊重别人，自己的问题就能得到解决。再说，党员干部家里成天飘着香风，外人看见了，也不好解释。

三

文远汽车经贸公司总经理职务空缺，经济管理学院有许多人想承包经营，欧阳珍不放心同事，怕吴宽的事故再次上演，提出对外公开招聘。石明三是陕西省安康市人，在武当市做汽车配件生意多年。公司正式招聘时，石明三竞聘成功。

欧阳珍验看了身份证，石明三交了两万元押金，文远汽车经贸公司和石明三签订了承包经营合同。公司有人经营，欧阳珍清闲了一段时间。

一天，欧阳珍接到公司会计的电话。

“喂喂，欧阳院长吗？”

“是。”

“哦，郑会计，你说吧。”

“公司经理石明三卷款出逃，现在不知去向。”

“啊！竟然有这种事情。”

“对，公司的存货刚卖出去十万元，加上刚收的应收款十万元，一共二十万元，石明三提走二十万元现款。”

“什么时候提的款？”

“十天前。”

“你们为什么不早点汇报。”

“他说要到四川买攀枝花的钢材，我们就开支票，他就提现了。他是经理，又有一份合同，我们信以为真。”欧阳珍听到这个消息，十分生气。

欧阳珍派人去陕西省安康市暗访，按照身份证地址寻找石明三，一无所获。

欧阳珍上报学院保卫处以及有关领导，希望与武当市公安局联系，通过法律途径找到石明三。

“好事不出门，坏事传千里。”文远汽车经贸公司发生的事情很快就传开了，经济管理学院有些职工指责欧阳珍，有人说她“用人不当”，有人则怀疑她与石明三是一伙的。学校领导批评欧阳珍管理混乱，欧阳珍面临巨大的精神压力。

欧阳珍回忆起经济管理学院办公司的前前后后，她一直是被动办公司，公司办了几年，职工收益不高，她个人则操心不少，真是出力不讨好。

欧阳珍想：这些年办公司的太多，有人连公司的内在含义都弄不明白，却堂而皇之地自称总经理、经理、业务经理、业务主办等。有些公司逃避国家税收，职工没有获益，只有个别人浑水摸鱼，所谓“富了方丈穷了庙”。

欧阳珍被公司的案件折磨得筋疲力尽、心力交瘁。有朋友劝欧阳珍去做做“美容”。

“深圳来了一个美容师，在市中心开了一个美容店，我的几个朋友去美容，我被她们怂恿着也去了，做了几次，效果蛮好。欧阳，你也去做做，放松一下，不要整天板着脸，容易老。”

“我年纪这么大，还做什么美容？”

“你看看，人家美容师，已经四十六岁了，但看起来像I46 岁了，但看起来像 26 岁。”

“真的？”

“我还会骗你？”

女人的天性是爱美的，欧阳珍在朋友的鼓动下，也跟着去美容。只见几个女人坐在那里，脸上抹得像怪物，眼睛闭上，一副怡然自得的样子。

美容师给欧阳珍洗净脸、擦干，抹上精油。欧阳珍闭着眼睛，任由美容师柔软的手在脸部按摩。

年轻的时候脸色红润、皮肤细腻，哪里用得着涂抹化妆品？时光荏苒，岁月不饶人，欧阳珍额头上的皱纹、眼角的鱼尾纹比较明显，鼻子、嘴巴之间形成深深的法令纹。美容师在轻轻按摩，欧阳珍难得如此安静放松，居然睡着了。

美容师又给欧阳珍烫头发、焗油，欧阳珍在镜子里看到一个全新的、年轻的自己。美容师又给欧阳珍涂上祛斑霜，推销化妆品，让欧阳珍办美容年卡，并信誓旦旦地说："只要你在我这里坚持两个月，用我们店里的祛斑霜、除皱剂去斑点除皱纹，效果包你满意。"

欧阳珍听信了美容师的话，坚持做了两个月美容，皱纹还在，斑点也没消除。她问了朋友，朋友回答："哪能立竿见影？至少两年才见效。"

四

亚洲金融危机蔓延开来，不少地区经济疲软，这样的局势持续恶化，陈时的信息咨询公司难以维持正常运转。劳动力出现供过于求的局面，每天求职的人很多，但是没有几家企事业单位需要人，生意难以为继。证券市场也不景气，陈时连炒股也失去了积极性。

陈时反常的样子让爱人张雅芝对他起了疑心，这段时间她经常检查陈时的口袋，看看有没有情书、纸条什么的。张雅芝常常听人说："男人有钱就变坏。"张雅芝不吵也不闹，而是派她的好朋友到陈时的信息咨询公司上班。张雅芝的好朋友是她同厂的被裁减的下岗工人，40岁，在张雅芝的力荐之下进了陈时的公司。

公司的业务要死不活，加上陈时觉得时时被监督，公司前景堪忧。没有钱的时候，生活困顿，精神萎靡；有钱了，照样有烦恼。

多少年的习惯了，当陈时为了逃避各种不良情绪的时候，他就到大自然去，与山上的树木为伍，和它们对话，排解不良情绪。

树木说："我的天空被乌云和臭气遮掩，我的家园被人类侵略占。"

陈时说："我理解你。你给人们遮阴避雨，人们会加倍维护你的。"

陈时翻过一座小山，来到沙湖公园。走在公园门口，小贩大声吆喝着，大大小小的彩色气球引来一大群小朋友；公园有游船、划水、钓鱼等项目，以各种水上项目为主。

陈时选了游船项目，之后，他走到公园高处的亭台看风景，公园建立在一个峡谷里，青山掩映，湖水波光粼粼。郁闷的情绪一扫而空，陈时诗兴大发，赋诗一首：

亭台的梦

我洒脱地俯瞰着，
做着亮晶晶黄色的梦，
梦见大山是一个练功的道徒，

安宁地做着空旷的姿势，
贯注这整个世界飘逸的神情；

梦见湖水采集，
蓝天、阳光、白云，
采集船舶、船工、一幢幢端庄房子的倒影，
采集游客的眼睛、照相机，
镁光灯的闪光；

梦见绿树气韵生动，
在清风中颤动，
花香飘荡在晴朗的天空；

我的梦是永恒，
超越时空的界限。

第十一章　东郊开发计划流产

一

面对金融危机，各级政府出台了经济复苏政策。武当市市政府推出“东郊开发区五年发展规划”，政府计划划拨大量土地招商引资，尤其是欢迎外商投资，设立了经济开发区。

1994 年武当市市政府与郎阳地区政府合并，撤销鄖阳地方政府的建制，把郎阳地方政府的十个县市合并到武当市，武当市辖区由两个区扩大为两区六县。由于地市合并，地市两派官员争权夺利，他们的主政思路也不同。东郊开发方案是以副市长高剑明为主策划而成的。副市长高剑明力主改革，并且主张促进市区的经济发展，在鄂、川、陕、豫的交界处崛起一座新兴城市，而反对高剑明的保守派则主张发展县域经济，用武当市带动县城等小城镇的发展。东城开发计划由高剑明提出，虽然有保守派抵制，但是得到市委主要领导的支持。

因为金融危机，加上同业竞争激烈，陈时的汽车贸易、信息中介生意难以为继，更别提股票交易。陈时意识到他的生意必须更新，如果只是一味地模仿别人，步人后尘，公司早晚得关门。

陈时在车城日报、车城电视台等获悉市政府推出“东郊开发区五年发展规划”的消息，立即驱车前往市郊考察。东郊交通便利，位于襄渝线与武十公路汇合处，火车在襄渝线飞驰，汽车在武十公路川流不息地行驶。陈时与司机站在公路旁，但见农田呈阡陌状分布在山谷之间，农民们在田间劳作，庄稼绿意葱葱，山岭上树木茂盛，农舍稀稀落落地点缀在半山腰，炊烟袅袅，陈时心里涌起诗情画意，但是又感到可惜可叹，“好一片田园风光，就要毁在工业文明上”。

从东郊考察回来，陈时独居一室，凝神静气，思考着下一步的发展：经商了几年，赚得百万财富，在外人看来，就是暴发户。人常说：“潮起潮落”，暴发户会走下坡路吗？

要不要投资东郊呢？部分投资？还是全部投资？全国都在兴办开发区，在拍卖地皮，炒地皮、炒房产。来自海南的消息，有人炒地皮赚了上亿元。陈时反复思考，他觉得投资东郊有利可图，贷款购买地皮，待价而沽；或者开发房地产项目。

有了想法，陈时马上开始行动。他派两名业务经理到规划局、建委与工商局打听消息。

业务经理来到规划局、建委与工商局的相关科室，科室干事接待了他们。自从政府公布东郊开发计划以来，规划局、建委、房地产管理局等部门比以前更加忙碌，这些干事见他们没有电话预约，也没有熟人介绍，也不是那种指名道姓要见领导的人，对他们爱理不理。

业务经理毫无收获，陈时通过熟人联系到规划局一名主管处长，那位处长说：“现在要投资东郊的人多，建委、房地产管理局拿着指标捞油水，不会轻易答应人。你要是找到主管城建、房地产的副市长高剑明，那就更好办了，否则，手续复杂，脸难看。”

陈时一个人坐在办公室，点燃一支烟，想着怎样才能打通关节找到副市长？直接去找，以理服人、以诚待人？不行！这一套对学生能行，对副市长就不行了。陈时有和商人、一般官员打交道的经历，但是要和市长一级的高官打交道，他还没有经验可循。他不知道他们的爱好、追求、脾气，而且，就人之常情来讲，直接去拜访市长，可能因为市长太忙，或者心情不好，或者秘书阻碍而办不成事情。

二

陈时通过辗转打听，知道了副市长高剑明是欧阳珍的爱人。陈时到学校找到欧阳珍，把自己的想法告诉她，并请她帮忙转达高剑明。

欧阳珍回家，向高剑明转达了陈时的想法，高剑明很慷慨，“促进车城经济的行为！我大力支持，何况又曾经是你们学校的老师。”

高剑明也想到，他的政策要得到推动，必须有人回应和落实。陈时接到了欧阳珍的电话，“陈老师，我是欧阳珍”。

“喂，你好！我是陈时。”

“你说的事情，有眉目了，我和老高说了，他二话没有说就答应了。”

听到这句话，陈时相当兴奋，“好，太好了！太谢谢你了！”陈时认识到，办事情，人际关系多么重要。

“不用谢，陈老师，我告诉你老高办公室电话，你直接联系他。”

“好，谢谢！”

陈时给高剑明打电话，“嘟……嘟……嘟……”陈时等了一分多钟,高剑明正在用内线通话,他把外线电话搁置了一会儿。

“喂。”

电话通了，“喂，您好！高市长吧”。

“您好！哪位？”

“我是陈时，通达经贸公司的。”

“哦，欧阳提起过你，你是想投资东郊吧。”

“对，是的。我响应市政府号召，想在东郊投资项目。”

“好嘛！民间投资，支持地区经济发展，我很支持，欢迎！”“高市长，我想见一见您，您能给我点时间吗？”

“陈经理，我这会儿很忙。政府专门设立了招商办公室，我给他们打电话，让他们接待您。”

“好的，谢谢！”

陈时与业务经理驱车前往招商办公室，因为有高副市长亲自打电话，招商办公室处长相当热情。陈时感受到权力与人际关系的重要性，没有他与欧阳珍多年的同事关系，陈时不会与副市长接上头，没有副市长的电话，这位处长不会亲自接待他。这位处长凭多年的官场经验，知道市长亲自电话，比手持市长便条意义更大。手持便条，处长们会从便条的批示体会意图，比如“速办”“请研究”“请酌情办理”。而电话则比较隐秘，副市长亲自打电话，他心领神会，“这个人来历不一般，一定是市长亲朋好友”。

处长让陈时在有关科室做了投资意向登记，业务经理填写了相导格。

陈时交了申请表后，一个月没有接到反馈信息。社会上流传着一条小道消息：某港商把东郊土地使用权全部买了下来，要在东郊兴办一个集科技开发、加工制造、贸易、娱乐等多种功能于一体的经济开发区，市政府按照国家政策给予优惠条件。

还有一条小道消息说：第二汽车制造厂要购买东郊土地使用权，把东郊变成生产特种汽车的基地。武当市就是因为第二汽车制造厂而兴盛的，市政府乐意支持第二汽车制造厂，目前市政府已经与第二汽车制造厂签订了合同。

另有小道消息说东郊开发计划搁浅了。

陈时打电话给欧阳珍，请求拜访高剑明，高剑明同意了。

陈时按了两下门铃，欧阳珍开门。

“陈老师，稀客，请进。”

陈时把土特产放进门口小柜子上。

“还拿什么东西？”

“只是土特产，不成敬意。”

“我换一双鞋吧”

“不用换。”

陈时不好意思不换鞋，他找来一双鞋换上。

“老高，陈老师来了。”

“哦，我马上来。”

高剑明从书房走出来。陈时见高剑明还不到50岁的样子，显得年轻有为。

高剑明与陈时握手。

“请坐，请坐！”

“久仰，久仰。”

“多次听到欧阳提到你，今天才见到。”

“我以前只知道欧阳珍老师的爱人姓高，但不知道您是高市长。”

高剑明爽朗地笑了。

欧阳珍递上热茶、瓜果给陈时，陈时和高剑明夫妇聊了一些家常后，就把自己的意图开门见山地说了。

高剑明介绍了东郊开发的设想，他问陈时：“你想做什么项目？”

陈时没有直接回答。

高剑明说：“我们主要是搞工业开发，配套生产汽车零部件，计划建立汽车零部件生产基地；发展当地县域经济，集中在农产品加工、绿松石开发；配合省交通部门，在东郊建立新车站，建立仓储中心；兴办房地产项目；加强基础设施建设；还有建设商贸中心，内贸外贸一体化等。”

高剑明开诚布公地说了这么多，陈时不得不回应：“房地产项目，市政府支持力度有多大？”

“房地产项目吗？那就需要很多资金，还要到银行贷款，我不清楚您的资金情况。”

陈时有些迟疑。

高剑明接着说：“因为您是欧阳的同事，我就直接说说我的看法，您看看，做商贸如何？尤其是外贸。”

高剑明的话与陈时的意图不一致，陈时说：“我回去考虑一下。”

陈时离开后，欧阳珍捡起陈时拿来的土特产，发现里面有一个写有高剑明名字的存折。陈时觉得高剑明手握重权，权钱交易盛行，他以为高剑明吃这一套，在银行存了五万元，写上高剑明名字。

欧阳珍愠怒，连陈时那么老实的老师也在市场经济中也变得庸俗、市侩了，她追出去把存折还给陈时：“陈老师，我们老高不接受别人的重礼，你不要难为他了。”

三

刘深沉炒股失败，“燕飞乐城”按部就班运转。

前一段时间，高雪莹怀孕了，医院检查结果：“尿检妊娠反应阳性”。刘深沉十分高兴：“我已经三十出头了，应该有个孩子了。”

刘深沉千方百计讨好高雪莹，给她炖鸡、煎鱼，买漂亮衣服；把高雪莹的妈妈接到家里专门照顾她。

高雪莹肚子不争气，出现先兆流产症状，刘深沉急忙送到医院，请了最好的医生治疗，结果还是没有保住胎，刘深沉心里沮丧，高雪莹暗暗流泪。

听到市东郊开发的消息，刘深沉着实高兴。

他知道中国的官员喜欢卖弄风雅，什么字画、文物收藏、养兰花等,他暂时不清楚高剑明的个人爱好,不敢盲目投其所好。

刘深沉请父亲出面，与高剑明打交道。刘深沉的父亲刘志成与高剑明行政级别相同，比高剑明年长得多，两人以前的行政事务也是有交叉的。刘深沉的爸爸在政府为官多年，他也看中这个项目，给高剑明打招呼，请高剑明关照刘深沉。因为有了这层关系，刘深沉才给高剑明和欧阳珍打电话，请他们夫妇赴宴。

“高市长、欧阳院长，我在银海大酒店订了酒宴，敬请两位及规划局长、土地局长、建委主任光临！”

银海大酒店位于武当市护城河边上，夜晚灯火辉煌。刘深沉订了个大包间，高剑明、欧阳珍、规划局长、土地局长、建委主任等人陆续驾到，刘深沉的父亲刘志成也到场作陪。

在茶几上寒暄一阵后，酒宴正式开始。刘深沉点了几千元一桌的菜，要了茅台酒和饮料。刘志成站起身端着酒杯，说：“多谢市长、局长、主任及欧阳院长的光临，祝大家身体健康！周末愉快！干杯！”

“干杯！”

“干杯！”

“多吃菜。”

“多吃菜。”

酒宴刚开头，大家还有点拘谨，几杯酒下肚，话就多起来。几位局长借花献佛，趁机给高剑明和刘志成敬酒。刘深沉放开了，也拼命劝酒，毕竟年轻。

酒至半酣，刘志成趁机说：“深沉要投资东郊开发区，请在座的各位领导大力支持啊。”

高剑明说：“好事！市政府欢迎民间投资嘛！”

副市长开口了，局长主任轮番表态：“深沉老弟的事情是市里的大好事，也是我们自己的事情，我们全力配合。”

吃完饭，刘深沉请大家唱卡拉OK，为每一位先生请了舞伴，高剑明见欧阳珍在场，不敢造次，婉拒了舞伴。

四

刘志成请高剑明周末到著名的丹江口水库郊游、钓鱼，高剑明爽快地答应了，最近官场斗争激烈，高剑明也想好好放松一下。

丹江口水库，分布于湖北省丹江口市和河南省南阳市淅川县之间，水域横跨鄂、豫两省。它是中国南水北调中线工程的水源地，国家一级水源保护区，曾经是亚洲最大的人工淡水湖，中国重要的湿地保护区、国家级生态文明示范区。丹江口水库总面积 846 平方公里，有“亚洲天池”之美誉。

由于是私人交往，他们只是让司机接送，没有让更多的人陪同。

两人到达丹江口大坝，由坝内进入电梯垂直攀升 100 多米来到顶部，站在丹江大坝俯瞰坝外，天高云淡，浩瀚的丹江口水库碧波千顷，波光潋滟，一望无际，奇山异石，独具姿采。游艇、渔舟荡漾在绿波之上，山似水上飘，人如画中行，令人心旷神怡，乐趣无穷。

丹江口的农家乐是有名的，列入星级标准。刘志成预约了农家乐的包间，包间直通水库边，可以直接在岸边钓鱼。

秋阳照拂在他们身上，鱼竿斜垂，两人安静、专注地盯着微波荡漾的水面，不一会儿，他们就钓上来几条大鱼。

中午，两人点了丹江口著名的刁子鱼、胖头鱼，喝着小酒。丹江口水库的胖头鱼肥美，鱼头硕大，一个鱼头就足够一个人吃饱。

两个人谈起丹江口水库的历史演变，聊得越来越投机。刘志成说起了均州城，均州城原址是在丹江口市均县镇的关门岩北，原有的均州古城因为1958年修建的丹江口大坝而淹没，永远沉在了汉江河底，一番感慨。均州是一座历史悠久、文化灿烂，有着千载春秋的文明古城。在漫长的历史长河中，均州曾称名华夏，史籍汗栋。均州城八大景点之一的沧浪亭，随着1967年丹江口大坝下闸蓄水，最终沉入水中。

酒至半酣，刘志成直入主题，谈到儿子刘深沉的事情。

"老弟，你知道的，我有一儿一女，这个儿子最让我操心。"刘志成艘离休，他想给儿铺好路。

"不对吧？上次见到了，他年轻有为，将来肯定出息大得很！"

"我不想让他从政，就培养他上大学，之后到高校当老师。"

"我知道，他和我爱人欧阳是同事。"

"好好的大学教师，他不做，非要离职经商。你看看，开饭店、炒股，都没有成功。"

"听说是百万富翁，还不成功。"

"你不知道的，炒股全赔了，现在只剩下一个'燕飞乐城'，不死不活地经营着。"

"哦。他不是要投资东郊吗？"

这正是刘志成想说的话，刘志成接过高剑明的话头："高市长，深沉想投资东郊，想要一块地皮，将来搞房地产开发，请你支持。"

高剑明是老官场，阅历也是丰富的，他说："政府无偿划拨土地，地价会很便宜，但是也要有资产抵押。"

刘志成说："深沉的'燕飞乐城'可以抵押，他把那栋楼买下来了。”

“哦。”高剑明不动声色。

五

东郊开发区规划还惊动了两个外商，这让高剑明喜出望外。

一个来自新加坡，李皮特，50多岁，他的老家在武当市，知道东郊开发区规划后，发出了投资意向。

高剑明派人到武汉机场迎接李皮特，用专车把他接到武当市，入住政府接待宾馆，山珍海味，接风洗尘。

第二天，高剑明派专车，送李皮特到著名的道教圣地武当山游玩。

从武当山下来后，高剑明亲自陪同李皮特到东郊考察。山区地势险峻，沟壑纵横。连接东郊的路还没有完全修好，路面坑坑洼洼，山上弯道多。襄渝铁路虽蜿蜒其间，但因环境所限目前只有单轨运行；公路交通虽有209国道、316国道穿越全境，但道路级别低，路况差，难以适应发展需要；秦岭、巴山所形成的天然屏障，使这一地区成为东西部经济交流与融合的“肠梗阻”之处。

一路颠簸，外商李皮特面露不悦。

到了计划中的开发区域，车停下来，高剑明向李皮特介绍了东郊开发区发展规划。

等高剑明说完，李皮特问：“这里离火车站多远？”

“十公里。”

“你刚才介绍的襄渝瞄线，火车时速多少？”

“八十公里每小时。”

“武当市附近有没有机场？”

“有啊！在老河口，有一个民用机场，离武当市两个半小时车程。”

“你为什么没有让我在襄阳机场下飞机，这样距离近。”

“襄阳机场是国内支线机场，航班少。”

李皮特又问：“东风公司的汽车，每年出口多少？”

“具体数据不是特别清楚。”

李皮特在东郊转悠一会儿，提议回宾馆。

在车上，高剑明委婉地问李皮特：“您计划投资什么项目？”

李皮特：“我考虑考虑，考虑清楚再说。”

过了几天，李皮特就不辞而别了。

第二个是政府某官员的亲戚，马来西亚人，马约翰，45岁。

高剑明派该政府官员去接马约翰。

有了前车之鉴，高剑明不再亲自陪同参观。马约翰先是考察市区，也到武当山游玩一天，之后考察东郊。考察东郊之后，马约翰兴致勃勃，说要在市政府做演讲，详细汇报投资计划。

高剑明接到马约翰的电话后，决定给马约翰一个机会，以市政府的名义邀请外商马约翰在政府会议大厅演讲。

一时间，报纸电视隆重宣传，广告铺天盖地。

政府会议大厅座无虚席，马约翰慷慨激昂，首先，他大谈特谈投资可行性，把市政府的规划、市场需求、国家经济形势、东郊的基础设施建设等方面结合起来，描绘出一幅美好前景。听众的情绪被带动了，几次鼓掌呼应马约翰。

之后马约翰提出了投资计划。谈到具体出资，马约翰希望由市政府出资，他只出外商的名义。他说，他以外商的名义和政府合资开办中外合资企业，就可以享受国家优惠政策，他说出了“最惠国待遇”问题。

马约翰的报告，引起人们的巨大争议。

市政府有人情绪激昂，同意马来西亚商人的主张，但是更多人表示反对。市政府本来就是缺少资金才招商引资的，马来西亚人马约翰游说失败，灰溜溜地离开了武当市。

六

陈时回味着高剑明的话，他决定先做好目前的生意。陈时明白：要得到一块地皮，高剑明没有明确支持；开发房地产，又要巨额贷款。

陈时密切关注着东郊开发的消息，武当市东郊开发计划公布后，有外商申请投资，小道消息流传的快，又说本地商人将要巨额投资云云。

陈时请陈军民喝酒，陈军民在车城汽车公司一个下属单位担任负责人，帮过陈时不少忙。

陈军民在酒桌上感慨万分：“儿时同饮一条河水，同栖息一片土地。如今，两鬓斑白，人生如梦。”陈时与陈军民是儿时伙伴。

“对酒当歌，人生几何。”陈时附和。

“你老兄这几年发了大财，我真羡慕。现在的人，眼睛里只有钱，什么社会贡献、集体主义都被抛到脑后。”

“以前是唯恐思想觉悟不高，而现在唯恐挣钱少，当官的比坐车阔气，比房子宽大；经商的比存款单，比挥霍；老百姓眼睛一个比一个红。”

陈军民虽然是企业处级干部，但是每月工资不高，他心里有点嫉妒陈时。两人一番议论后，他沉默起来，只顾嘴里吃菜，“酒喝多了，吃菜、吃菜”。

陈时功利主义思想浓厚，不会白请同乡吃饭，话锋一转，问道：“老兄，你消息灵通，车城汽车公司最近咋样？前一段时间资不抵债，负债三十五亿元人民币，听说要破产。”

陈军民回答：“车城汽车公司1998年负债累累，但是国家给了债转股政策，车城汽车公司一下就走出困境了，目前在思考发展问题。”

陈时问：“你们车城汽车公司准备往哪里发展？”

陈军民很喜欢卖弄自己的消息灵通，他喝了一口酒，接着说：“车城汽车公司的领导班子对投资计划曾有过争论，一派主张固守老基地，利用武当市东郊及周边县城发展自己；另一派主张向外扩张。前一段时间，固守派占上风；现在扩张派占主导地位。目前，总公司已经形成决议，车城汽车公司的发展规划是，以武当市为基地，向外扩张，在襄阳建微型车厂，在武汉兴建轿车厂，沿着汉十公路，三点成一线开发，然后向沿海扩张，并逐步形成跨国公司。”

陈时听到他最关心的事情，但是佯装与自己无关，作似听非听状。

“那么，车城汽车公司彻底放弃东郊开发机会了。”

“我个人也不主张搞什么东郊开发，死守武当市，将来没什么前途。”

“何以见得？”

“武当市基础薄弱，信息闭塞，交通不便，没有形成大城市的自然条件与基础设施。你想，当时国家把第二汽车制造厂兴建在这里，是出于军事需要。如果从工业布局来讲，这是不科学的。运输原料成本多高，比如钢铁、建材、化工原料、煤炭等，从外地运到这里，多贵；你再看，汽车制造出来，光运输费用就有多高。”

陈军民的一番话倒是提醒了陈时。

陈时曾主讲经济学课程，对城市发展、工业布局等一些原理是懂的，但是这些知识只是停留在课堂上。

陈军民的一番话彻底打破了陈时对东郊开发的幻想。

过了一年，国务院颁布了命令，禁止各地盲目搞经济开发，禁止炒地皮、炒房产。东郊开发就像气球一样，向天空飞得越高，爆炸的可能性越大；也像小孩吹肥皂泡，五颜六色地炫目，但是风一吹，就飘落在地上。也许，东郊开发不合时宜。

一天，陈时驱车前往东郊，一些土地被圈占，部分土地上盖的房子烂尾，田地里也有部分庄稼荒芜了，汉十公路两边多了一些商店、小酒店、旅馆和修车铺。陈时停在一家小酒馆吃饭，点了酒菜。

店主是当地的农民，因为客少，陈时与店主聊天。

“你这里生意还好吧？”

“不行。”

“你们当初为什么开酒店？”

“有些大官、外国人到我们这里考察，村干部说要征地。我们村里人弃了田，抢先开酒店、商店，想发财；还有人在承包地上加盖房子，等拆迁。”

陈时唏嘘不已："当初我不也是做过类似的梦？"

陈时望着山腰上，大批松树被砍，露出光秃秃的石头来，也许是当地农民砍下来的，东郊经济开发区没有办成，这些树木却也已经活不成了。

第十二章　欧阳珍调任工会主席

一

经济管理学院已经决定停办下属的文远汽车经贸公司，公司就是不关停，也办不下去了。因为不用再分身管理公司，学校事务变得纯粹，欧阳诚近很轻松，她觉得解放了。

欧阳珍撰写的专著也出版了，只是遇到经费和销售的问题。欧阳珍为了出版专著，跑了几家出版社，最后与武汉某出版社签订了合同，缴纳了上万元成本费。书稿出版计划确定，经过审校，终于付印。出版社送了欧阳珍五百本书，摆在欧阳珍面前的问题是，如何出售这批书。书堆在家里，她觉得自己的产品就像一堆懒货，懒懒的、怪怪的，嘲笑着她的无能和渺小。

高剑明主张把这批书卖给党政机关干部，由他们处理给公务员及一些干部，欧阳珍反对这样做。她觉得这样做是轻视自己的劳动成果，并且违反党性原则。

欧阳珍向企业、图书馆、社会团体寄出征订单，但很少有回信。

欧阳珍的女儿多次嗷着嘴说："妈，你找个地方把你的书放屏，一堆书，不好看。"

欧阳珍抚摸着那些书，书香扑鼻，“这是自己的心血，就像自己的孩子一样，总不能一直待在家里吧，也该见见世面了”。

欧阳珍最后把五百本书送给亲友及图书馆。

三

这年9月1日，学校开学了。欧阳珍接到学校新的任命文件，调任学校工会主席。欧阳珍从1992年担任经济管理学院院长，快两个任期，每个任期是四年，第二个任期还没有到期，说明学校和教职工对她的工作是有看法的，主要是文远汽车经贸公司破产的事情连累了她。

二级学院院长既是行政领导，又是学术权威，不耽误自己的科研。而工会工作就是保障职工福利，表面上是参政议政，实际上有职无权。工会还包括宣传、文艺、女工等事情，以往工会干部往往吃力不肝，恥意见一大堆。

面对学校的决定，欧阳珍只好被动地服从安排了。

学校的任命书下达各二级学院与职能部门，欧阳珍与新院长杨令虎办了交接手续。门佐提议办一个欢送会，两位副院长反对，杨令虎刚上任，学院没有活动资金，他也附和两位副院长的话。欧阳珍灰溜溜地拿着自己的私人用品到工会上班，只有门佐讲义气，送了欧阳珍几步。

欧阳珍病倒了，她住进病房。正好学校安排处级干部与高级职称教师疗养，校领导为了给欧阳珍面子，对外宣传她去疗养了。

欧阳珍其实是被气病的，学院办公司出了问题，实际责任人是吴宽，但她背了黑锅；她忙于行政事务，导致科研成果比以前少了。

人走茶凉，人情冷暖，说得不错。经济管理学院以前对她阿谀逢迎的人，现在见了她低头就走，确实无法回避了，皮笑肉不笑地打招呼。

医生为欧阳珍做了全面检查，还发现她身患子宫肌瘤，欧阳珍平时太忙，忽视了身体保养。

医生说："肌瘤是良性的，但是比较大，必须立即做手术，否则会很麻烦。"

欧阳珍怕开刀，想到锋利的手术刀，就觉得肉痛。

"非手术不可吗？"

"是的，中医、理疗、气功等保守方法不行。"

"那就手术。"

手术成功了，但是疼了好几天。躺在病床上，欧阳珍认识到什么当官发财，都是假的，只有健康最重要。

在欧阳珍生病住院的过程中，校工会的同志、原单位相处关系好的老师前前后后来看望她，给了欧阳珍些许安慰。

老搭档门佐也来看望欧阳珍。

欧阳珍坐起来，门佐说："你躺着。"

"不要紧，总躺着难受。门老师，你吃香蕉。"

"别客气。"

门佐问："感觉还好吧？"

"还好，岫"

欧阳珍和门佐又谈起经济管理学院的人和事。

"杨令虎刚刚接手，学院人心比较乱。你是知道的，这几年一些教师下海，不下海的教师工作积极性不高。总是严格要求教师，会得罪一些人。”

“杨令虎是唯一的博士，是做学问的料，下面的教师服从管理吗？”

“哎，人们说学校教育面临危机，老的要退休了，我也快退了；中年的老师，负担重；年轻的，又不安心。”

“您可是台柱子，要带好一批人啊！”

“言重了。”

两人又谈了一会儿，门佐告辞了。

这场病，欧阳珍调整了一个月，才完全恢复过来。

三

欧阳珍上任工会主席不久，一个退休的女同志找她：“欧阳主席，你好！”

“哎，你好！坐，坐。”欧阳珍认识这位职工，名叫秦声，两人客套一会儿，秦声说明来意。

“欧阳主席，我想借工会活动室。”

“做什么用？”

秦声像履行某个超大使命似的说：“欧阳主席，我们学校有一批人在练习‘无量神功’，老的少的，不少人。我们练了这种功法后，效果好得很，有病的人没病了；有的人开悟了，有特异功能。但是我们缺少活动场所，想借工会活动室。”

“什么时间用？”

“每天都用，每天晚上，我们开展学习，集体交流；每天早上六点，我们练习功法。”

“工会活动室本来安排多，你们用的次数太多。”

“欧阳主席，这个功法讲究性命双修，既能养身，使人延年益寿，又讲究修德。工会开展这样的活动，也是值得的。”

欧阳珍犹豫不决，她做思考状。

秦声趁热打铁：“你要是不相信，我这里有一本书，你好好看看再说。”

欧阳珍接过这本书，书名《无量神功》，属于弘扬佛法一类的，封面包装十分精美，欧阳珍看了一下版次，没有注明，但是印数二十万册，她想：“这样的书能卖出去吗？”

秦声又开腔了：“你要是疼痛、身体发痒，你就告诉我。”

欧阳珍说：“我先看看再说。”

欧阳珍闲暇时偶尔翻开《无量神功》，这本书介绍“无量神功”的特点，还有宇宙构成、生命起源。欧阳珍想：“气功是用来治病的，我没有什么大病，不用练。”记得一名科学家还谈到所谓气功等于“人体科学”，她至今也没有弄明白。

高剑明看欧阳珍读气功书，他说：“听说有人练气功，老婆离婚了。”

一天，欧阳珍在办公室，正好脖子发痒，长出红红的皮疹，秦声到办公室看到欧阳珍脖子上的红疙瘩，她惊喜地问：“欧阳球，你是不是练了气功？”

欧阳珍说：“没有啊，这几天我自己生皮肤病。”

秦声大惊小怪：“欧阳主席，按照我们大师的说法，你是一个悟性极高的人，你要不练功，真是可惜。”

欧阳珍没有接茬儿。

秦声说：“你要是不相信，今天你到我家听气功大师的录像报告。”

“好吧。”

欧阳珍答应到秦声家里看，想体察民情。

这是一个普通的两室一厅的房子，客厅有十平方米左右，却挤满了二十几个男男女女，他们都盘腿打坐在垫子上，双手抱成圆球状，眼睛看着录像，一个四十多岁的男子讲法，“今天讲宇宙的构成，佛曰：其大无内，其小无外。我们的宇宙大到八十多劫（一劫就是二十亿光年），小到无穷，你的每一个毛孔都可以跑马，都有一个长城存在。你们说，宇宙的本源是什么呢？它是浩瀚的水。”

欧阳珍心想：“这是讲佛法，还是讲科学？”

气功大师又讲：“科学已经进入死胡同，常人被科学的框框限制了，佛法无边，佛可以洞彻宇宙的真相。”

在欧阳珍的印象里，气功都是某一江湖骗子在狭小的范围里通过亲自传授来教学的，而这位大师是用现代化手段来传播佛法。

事后，秦声又来借工会活动室，欧阳珍没有同意。她说：“这类活动，我还没有弄明白性质。你们打乒乓球、打牌之类，我可以支持。”欧阳珍对佛法所讲的“六道轮回”，还是不敢苟同。

20 世纪 80 年代末就兴起气功热，这场热门运动要持续到何时？！

四

欧阳珍当上学校工会主席，她要代表职工参政议政，维护职工合法雁。

教职工对切身利益还是很关心的，校生活委员会成员高第代表职工反映意见：“主席，我提一个建议。”

“你说吧。”

高第年约40岁，在学校以敢说话、敢“放炮”闻名，职工代表选举他担任工会生活委员会主席，就是希望他能代表职工说话。

“职工对13号住宅楼的改造挺有意见。”

高第清清嗓子，详细介绍：“13号家属楼的改造，花的时间很长，花费资金多，为了改造它，投资1230万元，但是没有改畋，住户意见一大堆。”

“说得具体一些。”

“一是安全问题，一个住户客厅的楼顶掉下一块半米见方的墙皮，差点把家里的孕妇砸死，估计是钢筋和水泥有问题，不牢固；二是质量问题，施工用的材料全是水货，我就住在这栋楼，我家厕所用的是劣质马桶，没有用多久就裂了；有的用户还反映玻璃质量、暖气片质量、水箱质量、水管漏水等。”

“验收没有？”

“还没有验收。”

“我们收集一些意见，向主管副校长反映情况，提请校领导和总务处领导重视。”

主管副校长听了汇报后，责成工会代表、住房代表、总务处等与工程承包方进行谈判。承包方代表推卸责任，把问题归结为：“以前的建筑商不负责任，留下后患；投资少，工钱拖延，导致工程拖延时间长；原材料涨价；老旧小区改造难。”

住房代表提出一些问题，反驳承包方的说法，对方支支吾吾，无法回答。承包方没有办法，只好答应整改。

五

学校发生一起四人煤气中毒死亡案件，欧阳珍协助处理丧葬事宜。

这个案子震动全市，因为死亡人数多，而且煤气杀伤力大，煤气民用，用煤气作案，很简单。

死亡的业主叫孙晔，某厂工人，50 岁，其妻程某芳，学校教师，48 岁；养子孙克，18 岁；女儿孙思，16 岁。

孙晔一家煤气中毒死亡是在星期一，邻居们发现附近的空气中煤气味道很浓，孙晔楼上的几家住户聚集在一起，寻找原因，发现孙晔家房门紧锁，敲门没有反应，就赶紧关闭煤气总阀门，报告保卫处，几个男人把门撞开，浓烈的煤气味扑鼻而来，检查房间，发现他们家里四个人都已经没有生命气息。

保卫处工作人员报警，公安干警到场勘验现场，发现了孙晔的一份遗书："她瞧不起工人，我失去自尊，我多次向她提出离婚，她以名声不好听而拒绝我。与其痛苦地活着，不如一家人死亡后进天堂享受快乐。是我打开煤气开关的，公安部门不要大动干戈。孙晔"

公安部门结合遗书、孙晔精神病病历、日记等资料，排除其他异常情况，得出孙晔自杀、连带毒死一家人的结论。

煤气中毒案件结案了，但是社会上关于该案的传说则议论纷纷，有人指责孙晔太自私；有人指责孙晔丧心病狂，虎毒还不食子；也有人同情孙晔，认为孙晔是因为得了精神方面的疾病。

公安部门为了澄清事实，在小范围公开日记。

孙晔的日记有四本，有两本日记纸张发黄了，时间断断续续。

×年×月×日

我是一个工人，只有高中文化，我真有福气，我竟然娶了女大学生。我们领了结婚证，我真幸福。

×年×月×日

我发现我们之间有巨大的差异，她是机械设计专业毕业的，理论知识深，我是机械加工工人，她看的很多书，我看不懂。她成天思考问题，写文章，仿佛书是她的世界，我与她合不来。

×年×月×日

她不会做家务，我结婚前想问题太简单，以为自己能处理好家务事，现在太累了，我错了。

×年×月×日

真苦恼，结婚快三年了，我们竟然没有孩子，我俩没有避孕，怎么回事？是她的问题？还是我的问题？

×年×月×日

我单位王师傅跟我有仇，骂我媳妇是不会生蛋的母鸡，车间那么多人，我如何出这口恶气？

×年×月×日

我陪老婆去医院检查，医生的诊断书写着：一切正常。不是她的问题，就是我的问题，她的眼神看着我，既哀怨又讽刺，我这几年冤枉她了。

× 年 × 月 × 日

我偷偷地去医院做了检查，“弱精症”，真没用。

医生说也许能治好。

× 年 × 月 × 日

治了三年的病，一点效果都没有。

老婆要是提出离婚，咋办？

× 年 × 月 × 日

有人建议我们收养一个小孩，只能如此了。

× 年 × 月 × 日

真是怪事情，收养孙克才一年，我老婆就怀孕了。老天爷和我开玩笑吧。

× 年 × 月 × 日

我们吵架了，她劝我多学习，考技师职称。

× 年 × 月 × 日

她指责我不务正业，成天喝酒打牌，粗野无礼。这个娘们儿真烦人，成天管男人的事情。

× 年 × 月 × 日

她被评上副教授，看她得意劲儿，又要劝我考技师了。

× 年 × 月 × 日

当初真不应该和她结婚，我俩的文化差距太大。

× 年 × 月 × 日

我俩无话可说。

× 年 × 月 × 日

最近头疼头晕。

× 年 × 月 × 日

有幻觉。

还有孙晔女儿孙思的日记，她是高中生，感情细腻。

× 年 × 月 × 日

我发现我爸神经兮兮的。今天凌晨三点，我上厕所，看见他独自坐在客厅抽烟，客厅灯又不开，坐在那里像一个鬼魅，吓死我了。

这样的事情发生了好几次。

× 年 × 月 × 日

我爸妈好像又吵架了。

× 年 × 月 × 日

最近他们不吵架了，家里就像一片沙漠，我走进家里，就像走进沙漠里的马找不到水喝。我的心很累，我都不知道为什么。

第十三章　陈时下汉口

一

2003 年。

当武当市正向“东方底特律”迈进时，大山阻断了这个宏大的梦想。

近几年来，武当市资金投入严重不足、技术改造落后、产业结构单一、经济增长乏力，发展前景堪忧。中国加入 WTO 后，有人曾传言我国的民族汽车工业会受到冲击，加上车城汽车公司总部搬迁至武汉，有人断言，如果没有新的经济支撑，汽车城将成为“废都”。一时之间，甚嚣尘上的“废都论”给这座城市蒙上了一层厚重的阴云。

这几年，陈时维持着通达经贸公司的经营，汽车经销生意不景气，只有家政劳务中介业务有起色。

陈时 22 岁结婚，女儿现在已经长大成人，前不久女儿出嫁了。陈时的女婿叫曾行明，是一个集体所有制企业司机，企业倒闭了，失业在家。陈时对司机有偏见，认为他们性格暴躁，工作环境不安全，但是女儿选定了，他也只有默认。

这天，陈时的女儿回娘家，曾行明提了一瓶好酒过来，张雅芝做了几个好菜。陈时与女婿曾行明喝酒，女儿求陈时解决丈夫的工作问题。陈时不喜欢女婿，但不得不体谅他。

陈时说：“好，我来想办法。”见陈时答应了，女儿很高兴，曾行明笑容中多了一些愧色。

陈时酒喝多了，半夜里，他感到口干舌燥，睡不着，就坐到沙发上喝水，客厅的机械钟有节奏地运转，陈时感到自己的心跳速率和钟的摆动节奏一致。

陈时从女婿的职业联想到车，各种各样的车，从车联想到旅游、客运、货物运输……突然，陈时的思路清晰起来：“对！自己买车，跑运输。”

第二天，陈时把女婿叫到家里，和他商量跑客车运输的事情。曾行明司机出身，业务熟悉，让他干本行，他当然高兴。

“行明，跑长途赚不赚钱？”

曾行明肯定地回答：“现在外地时兴跑长途客运，因为火车拥挤，而且火车票贵，长途客运可以代替火车。”

“哎，长途客运，太累人，一坐十几个小时。”

“我们武当市没有通高速公路，只能如此。再说绿皮火车速度也不快。”

“我买车，你来经营啊。”

“爸，您听说过豪华双层汽车没有？”

“金龙牌的？”

“是的。这种金龙客车，可以当床睡，有空调，十分舒适，乘客睡一觉就到家了，比坐火车强。”

陈时仿佛看到豪华金龙客车停在眼前，“跑哪一趟线路？”

“跑武当市到武汉，这条路是国道，武当市的服装、轻工业品、家用电器都是从武汉进货，跑生意的人多；加上到省城出差的，跑这趟线，不会亏的。”

陈时想：“买车跑运输，既解决了女婿的燃眉之急，又能开拓新财路，何乐不为？”

“好，就这样定了，我出钱买车，你当司机，并且经营。”

“太好了，爸，谢谢！”曾行明恨不得跪下磕头。

“客气什么？把事情鲫就行。”

陈时考虑问题比较周全，“你再找一个司机和你轮班，找两个售票员”。

曾行明又问到收入分配的事情，陈时回答：“经营利润，我和你六四分成，你说呢？”

十几天后，豪华车就出现在陈时的家门口，曾行明用汇票交割，从厦门提车回来了。

陈时到武当市车辆管理所、运输管理处等单位办理了相关手续，获得了线路经营许可，陈时的车就列入长途汽车站的班车系列，车次号 320，每天下午六点从武当市出发，第二天上午七点就到汉口。

一开始，长途客运生意不好，每趟车只有四五个人，陈时花了巨额广告费，在媒体做宣传。广告的作用十分神奇，一传十、十传百，坐长途客车的顾客越来越多。坐长途车的人主要有几种人：第一种是生意人，从武汉进货，到武当市经销；第二种是打工族；第三种人是出公差的，买不到火车卧铺票，救急买长途客车票。至于节假日，学生放假、民工回家，那就更不愁客源。

陈时看到客运生意好，计划再买几辆车，跑别的路线。运输行业前景好的话，他还想承包汽车客运总站的业务。

二

陈时坐上自己的营运车，车次是320，每天下午六点出发。陈时看了一下表，已经六点过五分了，曾行明还没有上车，他和车站几个服务员还在聊天。陈时知道曾行明和服务员在谈生意，服务员让他从武汉带一批货回来。旅客开始抗议了："快开车啊，已经过了开车时间啦！"陈时也很着急。

六点十分，曾行明与另一名师傅胡侠上车，他俩准备路上喝的开水，旅客抗议："还不开车，已经过点了。"

"慌什么？长途客运嘛，路上跑快点，时间就赶回来了，不在乎这十分钟。"

车终于发动了，陈时支起自己的座位，这是一种躺椅，能自由收放，可以躺，可以坐。陈时望向窗外，楼房与树木向后退。陈时是到武汉参加年度企业家商贸论坛，他坐在自己的车上，看女婿熟练地开车，心里很满意。

陈时今年已经满49岁了，在前不久的生日宴会上，他请了门佐参加。门佐退休了，已经评上正教授。门佐和陈时谈到经济管理学院的人和事，也许是酒后多言："陈时，你要是不下海，肯定也是正教授了，你有研究能力的。"

门佐的话，多多少少让陈时伤感，他赚了钱，但是钱堆不出一个令人尊敬的教授。这叫有得必有失，经济学上叫机会成本。

汽车驶离武当市，窗外是茫茫大山，偶尔见到山腰上才有一两户人家，陈时想：世界之大，有一些人住在崇山峻岭中，他们不知道什么是工业文明，不会感受信息社会的文明，但是他们一样有自己的幸福与快乐。可见人生是一个个体自身感受的过程，什么是幸福，什么是快乐，全由自己体会。但是，人又是受环境影响的。

汉十公路武当山段，路窄山陡，车一会儿走在山顶，与白云、星星接吻；一会儿又滑向谷底，可以听到潺潺流水。

车开始走下坡路，突然，车停下来，陈时关切地问："怎么啦？"

"不要紧，一个轮胎坏了。"

有些旅客睡着了，有些盯着曾行明，他们的人身安全系于司机。

大约半小时，曾行明换好轮胎，继续行驶。

车快到了老河口市，有四个小伙子要上车，曾行明不理睬他们，往前加速行驶。直到看不到四个年轻人后，汽车才又平稳行驶。

陈时问："你刚才为什么不让他们上车？后面没有坐满。"

"这几个人可能是抢劫犯，手上没有提行李。我刚走这条线路时，让几个年轻人上车，他们在车上抢劫旅客。抢劫犯下车后，旅客找我们的事情。"

陈时不再言语，他觉得曾行明做事有板有眼，有分寸。

从老河口往前开车，路上有一些打扮妖艳的女人招手拦车，胆子特别大，竟敢靠近车辆。陈时问："她们是干什么的？"

"小姐揽客。"

"她们不怕死？"

"为了钱，她们不怕死。再说，我们哪敢轻易撞她们。"

襄阳市郊，曾行明把车停在一个路边店旁，他吆喝："下车吃饭，不吃饭的，下车方便一下，我们要锁车门了，全部下车。"

旅客们穿上鞋，陆续下自己的床铺，有人打着哈欠："到哪里啦？"

"快到襄阳了。"

旅客们走到路边厕所，一时间，传来哗哗的排尿声、咳嗽声，把树丛中的鸟儿惊飞。陈时立在公路边，仰望星空，北斗七星仿佛知道有人要和它们对话，显得更加闪亮。

陈时随旅客进了小饭馆，有些旅客在买小吃，有些在点菜。曾行明走过来，带陈时到雅间吃饭，这是专供司机吃饭的地方。雅间也很小，一个村姑给他们递上茶和烟，端上菜之后离开了。

酒足饭饱，陈时的 320 次车又上路了。

不知过了多久，曾行明吆喝开了："汉口到了，醒醒，所有乘客提取行李下车了。"

天亮了。

三

会议开了三天，陈时又坐上自己的车回家。

曾行明上午休息，下午代理客户采购货物。

下午五点，汽车从汉口出发。

公路两边是一望无际的平原，陈时出生在平原，眼前的黄昏景象让陈时感叹平原的美丽，落日挂在疏朗的树梢上，袅袅炊烟，晚霞映红了两边的天空，小鸟在微风中掠过，童子牵着耕牛，牛在田坎中悠闲地吃草，村舍前农夫抽着香烟，吃饱喝足看着夕阳。

眼前的美景让陈时想到了故乡，怀念故乡的美丽。

故乡美（一）

太阳从东村的小树上冉冉升起，
朝露挂满青草，
鱼在清亮的小溪里游。
我躺在牛背上，
望着天空的云彩，
牛在慢慢移动，
远处的龙尾山和我，
一时近一时远。

故乡美（二）

喜鹊闹春枝，
燕子衔春泥。
少女洗衣声，
惊跑小水獭。

天慢慢黑起来，公路两边亮起灯。路边店亮着灯火，打扮得花枝招展的女子在向车招手，少女们长在河汊纵横的水乡，河水滋润了她们，她们的脸色在灯光下显得特别白嫩，与武当市女子比较，别有一番风韵。

车中途停在随州境内一个小饭馆前，陈时随大流下车方便。之后，他立在公路边，遥望满天星斗，整个银河系一片光芒，月圆如轮，白云衬着月晕，陈时寻找自己在星空中的位置，在中国的神话故事中，每个人都是星宿下凡，陈时的思绪飘到天外。

陈时呼吸着平原清新的空气，感到周身舒坦，公路两旁是稻田，农房散落在周边，陈时觉得平原开阔，山谷则给人以促狭之感，陈时想把自己融入平原的夜色中。

车又出发了，中断了陈时的想象。

有顾客在襄阳下车，曾行明在襄阳城里迷失了方向，在市区转圈。下车问路，夜里行人本来就少，行人把他指引向新野、南阳方向。走了不少冤枉路，转过车头，下车问了警察，才走对了方向，在汉水桥附近往西开，指向老河口、武当山。

车往谷城方向开，陈时已经睡得迷迷糊糊，一个旅客叫嚷着下车方便，陈时被吵醒。陈时拉开窗帘，窗外是一堵山墙，只距离车身半米，“开始爬山了”。

车减速了，前面有人燃着灯火，车喇叭声与人叫骂声混成一片。

陈时的车一步一步往前挪动，陈时看见狭窄的山道上站着十几个农民，有人拿着火把。

陈时的车被逼停了，车被拦在路中央，曾行明无法开车，因为路面窄小，只容一辆车通过。后面的车也无法通行，交通被堵塞，山上出奇的冷，天黑沉沉的，此时车上的人都惊醒了。

曾行明与几个人下去查看，只见两个壮汉拉着条幅，上面写“募捐救命”。谷城境内难道有闹事的人？

司机胡侠回来了，陈时问：“发生什么事情了？”

胡侠说：“一个老人躺在地上，他们说老人被撞，肇事者跑了，找不到人负责，他们就强行募捐，要求每辆车交五百元。”

“老人是不是真瞬了？”

“看样子，不像。”

“这不是车匪路霸吗？”旅客们纷纷议论。

一个旅客说：“我前几天坐车，也碰到类似的事情。二十几个农村小伙子在地上放一个穿上衣服的草人，伪装成小孩。他们声称小孩被撞死，肇事者跑了，他们要主持公道，要求过往车辆每辆车两百元。”

“过路司机赔不赔？”

“司机胆小，破财免灾，都给两百元，走人。”

这个客人所说不假，这帮人确实在伪造现场，敲诈勒索。

陈时听到前面的争吵声，里面有曾行明的声音。

陈时走过去，看动静。

曾行明练过武术，艺高人胆大，他还较真，想看躺在地上的老人是不是真的死了，那帮“路霸”不让看。

“让我看看老人。”

一个壮汉恶狠狠地说：“不许看，头被压碎，脑浆迸裂，只剩下身子，晦气。”

有一个汉子指着曾行明，“闲话少说，交五百元走人”。

这时，被拦在后面的车都被逼停，围过来的人越来越多。

眼看双方有打起来的架势。

陈时知道，围观看热闹的人多，曾行明真动起手来，好汉抵不过双拳，可能要吃亏。此时，天昏地暗，荒山野岭，到哪里去找警察，俗话说：“好汉不吃眼前亏。”

陈时说：“行明，给他们五百元，算了。”

曾行明判断形势不利，同意了，陈时交给那伙人五百元。那伙路霸看围观的人多，心想多赚钱，不想打破僵局，也没敢继续为难曾行明。

陈时的车子这才摆脱这帮“路霸”，往前行驶。

第十四章 刘深沉陷情劫

一

这几年，刘深沉的事业和感情生活都不顺利，“燕飞乐城”没有扩大规模，在东郊买了一块地皮，房子盖到一半，资金链断裂，房子烂尾。老婆高雪莹怀了几次孩子，都流产了。

一天，刘深沉在办公室闲坐，他的诺基亚手机响了。

“喂，你好！”

“你好！刘先生吗？”一个女人的声音传过来。

“对，哪位？”

“你连我的声音都听不出来了？”

“你到底是谁？”

“哦，我是江明山的老婆，李月娥，你不会忘记吧？”

“嗯。”多少年前，这个女人与刘深沉有过一次床第之欢。刘深沉是被引诱的，他心里怀着复杂的感情，不想见她。

“我告诉你，我一直想找你。”

“找我什么事？”

“我现在生活困难，想找你帮忙。”

“关我什么事情？你老公江明山强奸我老婆，害死我老婆，我没有找你们算账，都不错了。”刘深沉想起江明山就愤怒，江明山强奸他老婆李芳娜，害死李芳娜，他多次想报仇，只是江明山进了监狱，他才罢休。

现在李月娥找来了，刘深沉很生气。

刘深沉挂了电话。

过了几天，李月娥又打刘深沉电话。

刘深沉接电话，准备骂李月娥。

“听出我是谁了吧！”李月娥嗲声嗲气地说，“你今天先不要挂电话，我告诉你一个秘密。”

“什么秘密？”

“我有了你的儿子，你还不知道吧？”

“胡说。”

“你不能不信。”

“谁知道孩子是不是我的？”

“你是赖不掉的，你要是看见他，你就相信是你的孩子，他和你长得越来越像。你还可以去做亲子鉴定。”

当年，李月娥和江明山结婚，两年怀不上孩子。两人上医院检查，问题出在江明山身上，他有“死精症”。李月娥在刘深沉的“燕飞乐城”打工，看中了刘深沉并有了他的孩子。江明山知道自己不能生育，便殴打李月娥，强迫她说出实情。江明山知道事情原委后，为报复刘深沉，就强奸了李芳娜。

“如果真有孩子的话，我也是中了你的圈套。”

“喂，刘先生，我还可以说是你强奸我。”

刘深沉想到，孤男寡女在酒后一次放纵，结果有了一个孽种，这事无人证明自己的清白，刘深沉深深后悔自己年轻时的轻率。

“刘先生，你好好想想，我咨询了律师，私生子与婚生子有同等的法律权利，你不能逃避责任。”

“你想要什么？”

“我想要你承认儿子是你亲生的，我要让他有一个体面的父亲，而不是罪犯父亲江明山。”

刘深沉感到李月娥非同一般女子，他想证实李月娥说话真假。

“你现在在哪里？”

“你终于想通了，想见我了。”李月娥有点得意，她手上有刘深沉的儿子舫盾，有恃无恐。

“喂，明天下午三点，在明楼饭店的一楼咖啡厅见面。”

“好，不见不散，不许骗人。”

第二天下午三点，刘深沉到明楼饭店的一楼咖啡厅，要了一杯饮料，静静地等李月娥。

李月娥终于来了，这个女人打扮得有些妖艳，但显得比同龄人老一点。

“刘深沉，你终于肯见我了。”李月娥一脸得意之色。她不称刘先生，直呼其名，想拉近彼此的关系。

刘深沉点了两杯咖啡。

刘深沉讨厌面前的女人，她身上发出的香水味道，让他很不喜欢，但是他不得不与她周旋。

“多谢赏光！”

“难得你主动邀请我，我能不来吗？”

“喝咖啡？”

“我喝不惯，我要一杯雪碧。”

“好。”刘深沉叫服务员送雪碧。

刘月娥说："你知道你儿子多大了吗？"

"不知道。"

"顺，你不会算。快十岁了。"

"他长得可像你了。"

李月娥拿出一张小孩的照片。

刘深沉接过来一看，还真有些相像。

"你忘了我们那一次了。"

李月娥仿佛沉浸在美好的回忆中，他们酒后同欢，李月娥感到轻飘飘的，仿佛仙姑一般。

"记不得了。"

"我给孩子取了一个名字，叫求真，以前姓江，现在想改姓刘。"

李月娥想用孩子来要挟刘深沉，让他抚养孩子，而且还想让他认祖归宗。

"孩子在哪？"刘深沉怕刘月娥把小孩送到家里威胁他。

李月娥听出了刘深沉的恐惧，而这正是李月娥想要的效果，她说："我在车城干临时工，孩子就和我在一起。"

"我给你一笔钱，给你抚养教育孩子。"

"给我多少？"

"你要多少？"

"五十万。"

"太多了。"

"不多，谁叫我给你生儿子了，你以为有钱就可以免除当父亲的责任，你给他喂奶、洗尿布了吗？"

"十万。"

"不行，我知道你是大款。最少三十万。"

“先给你二十万，你拿到钱后，别再打我电话了。我们井水不犯河水，互不相欠，各自过自己的日子吧。”

李月娥想，先弄出一笔钱再说，便说：“好。”

刘深沉又留下后手，他说：“我看了小孩后，再给你钱。”刘深沉目前没有孩子，李芳娜没有给他留后，他一直有遗憾，他和高雪莹结婚，也一直没有生小孩。他对李月娥说的孩子有着复杂的情感，他心里萌发出一种神秘的冲动，他想见一见她所说的“野种”，看看她说的是不是真的，如果是真的，是他的血脉，他又怕高雪莹知道真相后闹事。

二

李月娥为了拿到钱，同意了刘深沉先看孩子的要求。

李月娥带着刘深沉坐上出租车，乍然得知有了一个血脉相连的孩子，仿佛在大千世界里有自己的一粒种子，生根发芽，长出幼苗，吮吸阳光雨露，刘深沉对这株幼苗充满期待。

但是刘深沉又怕世俗的眼光吞没他，他怕高雪莹知道了这株幼苗的存在而对他不利。

过了半个多小时，出租车在李月娥的指挥下进入一条小巷，山边建了几栋三层楼的房子，附近有菜市场、小卖部、私人诊所、理发店。刘深沉下了车，判断这是当地农民建的私房，出租给外地打工者。

刘深沉问：“要买什么东西吗？”

李月娥说：“买什么东西呀？人到了，就行了。”

刘深沉上二楼，这是一间民房，大约二十平方米，前厅有一张床，一张桌子，桌子上摆放着茶杯、暖水壶，地上摆着蜂窝煤、蜂窝炉、鞋子等。

“妈，来人了，孩子呢？”

“孩子睡着了。”

“把他弄醒。”

里屋传来小孩的声音，孩子正午睡，不愿意起床。

一个十岁左右的小孩终于出来了，刘深沉眼睛盯着孩子看。“天啊，这孩子确实像我。”眼睛眉毛确实有刘深沉的影子，尤其是眼神，很像，这也许是遗传规律起作用吧。

李月娥：“这是你儿子，你看像不像？”

李月娥把小孩叫到刘深沉身边，刘深沉牵他的小手，小孩不干。

但是，血脉相连的感情仿佛是先天存在的，小孩看刘深沉的眼神是友好亲近的，一会儿就笑得开心甜蜜。

刘深沉说：“叫叔叔。”

李月娥生气地拍刘深沉肩膀，“怎么能叫叔叔？”刘深沉不吱声。

刘深沉看到自己的小孩住在破旧的民房，房间里没有电风扇，没有一件像样的家具。他想：“我的骨肉竟然流落在这种地方。”刘深沉又看了一眼李月娥，这是一个内在朴实但又被城市文明改造得不成功的、有些妖艳的脸，她可能只有初中文化，她能带好这个孩子吗？

刘深沉面对这对母子，也没有好的办法来改变她们的命运，他只好按约定送给李月娥二十万元。

刘深沉交代：“咱们两清了，互不打扰。”

三

刘深沉最近一段时间接到几个奇怪的电话，“你是刘深沉，刘老板吗？”一个沙哑的男音。

“我是，你是哪一位？”

“你不用管我是谁。我问你，你是不是有一个儿子叫求真。”刘深沉着急了，自己多年的隐私被一个男人知道了。

“你是谁？”

“你不用管我是谁。”

“你要干什么？”

“你再给李月娥二十万元钱。否则的话，对你不客气。”

“办不到！”

“好，你等着，走着瞧！”电话里传来阴森森的声音。

对方挂断电话，刘深沉感到十分蹊跷。这个男人是谁？这个男人怎么知道他的隐私，不仅知道他儿子的名字，还知道李月娥。

“难道是李月娥指使的？”

刘深沉偷偷地到李月娥原来居住的地方，开门迎接他的是另外一个人。

“这里面有一个叫李月娥的人呢？”

“早就搬走了。”

“搬到什么地方？”

“不知道。”

过了几天，奇怪男人的电话又打过来了。

“刘老板吗？”

“嗯，哪位？”

“你应该知道我是谁。”

“哦。”

“明白了就好，我上次跟你提到的二十万元，准备好了没有？”

“你做梦！”

“好吧，我让你再考虑十天。”

刘深沉想，这个男人肯定是李月娥指派的，他恨李月娥不守信用，唯恐高雪莹知晓朝。

十天后，奇怪男人的电话又打过来了。

“喂，刘老板，你好啊！”

“废话少说！”

“我说的话，你想好没有？”

“我早说过，你别白日做梦了。”

“我让你听听一个人的声音。”

电话里传来一个童稚的声音。

“快叫爸爸。”

“爸爸。”

奇怪男人发话了：“刘老板，我们抓了你的小孩求真，你要是心疼的话，赶紧交二十万元到车城东路 301 号赎人。”

刘深沉没有马上到奇怪男人指定的地方去赎人，求真虽然是他的孩子，但他估计这场戏是李月娥导演的。

过了不久，奇怪男人的电话又打过来了。

奇怪男人这次下了最后通牒：“刘老板，你这次要是不答应我的要求，我就把这件事告诉你老婆，我知道‘燕飞乐城’

的地址。而且，我要印发传单，让满城的人都知道你的丑事。”

刘深沉真害怕了。

“限你两天，后天上午十点，你必须把钱送到我指定的地方。”

刘深沉生怕高雪莹知道内情后和他吵架。毕竟高雪莹是他合法的妻子，而且，最近高雪莹又怀孕了。

刘深沉想，自己种的苦果，还得自己吃。他拼着命，只身一人去了车城东路 301 号，那里有一个破破烂烂的仓库，里面堆放着各种建筑材料，空无一人。

刘深沉回到家里，心里忐忑不安。第一天过去，没有奇怪男人电话，高雪莹也没有动静。

第二天过去了，高雪莹依旧神态自如。

第三天，高雪莹回来了，指着刘深沉破口大骂：“你这个王八蛋，在外面酒娘们，还有野种了，你混账！”

刘深沉想，一定是奇怪男人告诉高雪莹真相了，争吵无益。

“你不吱声，你承认了。”

高雪莹号叫着,发疯似的摔家具,摔完家具就打自己的肚子。

“我打死你！我打死你！”

刘深沉赶紧拉住高雪莹。

“别打啦。我是上当受骗了。”

刘深沉把前因后果告诉高雪莹，高雪莹终于安静下来。

四

高雪莹对刘深沉变得冷漠了，以前有什么不满和牢骚，她就表露出来。现在她不说话，说明真的是心灰意冷了，这令刘深沉感到害怕。

刘深沉尝试给李月娥打了几次电话，显示关机。

有一天，刘深沉在马路上闲逛，无巧不成书，他碰到李月娥。刘深沉叫住李月娥。

“看你干的好事。”

“我做什么了？我们不是说好两清吗？我还换了手机号，不联系你了。”

“你让别人敲诈我，还把我的隐私告诉我老婆。”

“我没有啊！”

李月娥问清事情的来龙去脉，她把自己的猜测告诉刘深沉。

“江明山刑满释放，可能是他敲诈不成，把真相告诉高雪莹，坏你的事。”

刘深沉说：“他绑架人质，还敲诈勒索，这是罪上加罪。”

李月娥说：“他可能没有绑架人质，只是把求真关在家里，录音。”

“这种人真可恶！”

“是的。我早准备和他离婚。”

李月娥又问：“他骗到你钱没有？”

“没有，我没有拿钱去那个地方。”

“没有骗到钱就好，”李月娥不无伤感地添了一句话，“这说明你不爱你的儿子，不关心他的死活。”

刘深沉无言以对。

李月娥说：“我会告诉江明山，让他别再骚扰你。”

李月娥走了，刘深沉心里像落下一块石头，他终于知道那个神秘电话的来龙去脉。

刘深沉回到家，高雪莹向他要钱。

“把你的存折给我。”

“给你干什么？”

“你儿子要生了，你不给他准备钱？”

“你怎么知道是儿子？”

“我前几天做B超检查时找熟人了，人家告诉我，我肚子里的是儿子。”

刘深沉半信半疑。

“‘燕飞乐城’都是你在管，股票存折也都是你在管，你还要什么？”

“刘深沉，你别骗我，别人都叫你‘刘百万’，你还没钱。”

“徒有虚名啊！名声在外而已。你知道的，我的钱都投入到东郊开发区，盖了房子，烂尾了。”

“你别哄我，”高雪莹强调说，“我要去炒股，我同学王虹又高升了，有她的内幕消息，我肯定能赚。”

“存款有保障，你没有听说吗？三分存款、一分债券、一分曜的说法？”

“那是小儿科！看准大行情，几天就成百万富翁了。”高雪莹骂道，“刘深沉，你的闯劲到哪里去了？你的魂被那个骚狐狸勾走了，你的精明强干劲到哪里去了？”

“没有多余的钱了！”

“刘深沉，你别哄我。不要一有钱，就送给那个骚娘们儿！”

“不会的，不会的。事情都过去了，还提她干什么？！”

高雪莹又使出她的绝招，用手要打她的肚皮，“我打死你！”

刘深沉马上软下来，“别打，别打”。

第十五章　吴宽左冲右突

一

吴宽感到了生存压力，他被开除，失去了固定的生活来源。本来准备留给女儿的钱，大部分被用于第二次结婚。吴宽与吴三宝一伙人寻找张献忠宝藏的事情，也没有任何结果，吴宽几乎失去了生活来源。

他不可能像父辈那样种田、采茶，他一无技术，二无体力，三放不下架子。回城里去经商，又没有本钱。让他干个体户，他忍耐不了风吹日晒、讨价还价的生活。

吴宽自从参军，上工农兵大学，参加工作，他在家乡的威信一直很高。老一辈的人常拿他以前的事迹来教导自己的后辈，每次吴宽回家，老人们都愿意去吴宽家坐坐，抽抽他从外面带回来的好烟，听听他讲新闻。同辈的人喜欢和他喝酒吃饭，小孩待在他家，等他发糖。

现在吴宽一直待在老家，山里人开始胡乱猜测起来。

“吴宽炒股赔本了，就差没有跳楼。”

“吴宽犯法了，被开除了。”

“吴宽在外面玩女人，他老婆和他离婚了。”

山里人开始鄙视他，到头来，还是回到农村。

程琳红从崇拜、好奇，转为怀疑。当初，程琳红同意和吴宽结婚，是冲着吴宽的金钱和城市的生活。见吴宽成天与吴三宝在山沟里瞎转，她心里很不高兴。

一天，两人躺在床上，程琳红问吴宽：

“听说你在城里开了一个大公司？”

“嗯。”吴宽不置可否。

“你在城里有房子？”

“有。”

“多大？”

“你想象不到的。”

“比我们现在住的农房大？”

“城里的房子与这里的农房不一样。”

程琳红又问：“你原来的老婆还和你有来往？”

“没有啦，她恨我都来不及。”

“你喜欢你女儿吗？”

“喜欢。”

程琳红心里咯噔一下，沉默一会儿，她又问：

“你什么时候带我到武当市看看去。”

“等我们找到宝藏后。”

“你们合伙骗我吧，哪里有什么宝藏？”

“你听说过张献忠、李自成吗？”

“听老人在夏天乘凉时讲过故事。”

“多少年前他们在我们这儿的山洞里埋了金银财宝，准备东山再起，后来这笔宝藏失去踪迹。”

程琳红暂时相信了吴宽的话。

过了一段时间，吴宽连宝藏的影子都没有见到，程琳红疑心更重了。

“听村里人在议论你。”

“说我什么？”

“我是偷听到的，说你是被单位开除的。现在也不是什么总经理，是穷光蛋。”

“我是穷光蛋，你会跟我吗？”

“人家说的是真的？”

吴宽不置可否，程琳红开始相信村里人的流言。

“你们合伙骗我！”

程琳红嘤嘤地哭了，“你毁了我的青春，你是骗子！”

程琳红的哭声在寂静的山里显得特别响亮与凄厉，在山风的吹拂下，传得很远。

程琳红的哭声使吴宽失去了自尊，他感到村里老乡的眼光像刀子一样刺中他的脊梁骨。

吴宽想安慰年轻的妻子，但他连一句自信的大话也说不出来。

吴宽颓废地坐到外面的山石上，抽着闷烟，他感到生活失去了希望。

吴宽的头脑一次次浮现出钱的影子，“大团结”“金子”“外汇券”等。他认准了“有钱就是一切”，钱使吴宽一度成为人上人，成为大款，使他享受人间的荣华富贵，钱使得他娶了年轻的老婆程琳红。钱具有多面性，钱也使得他前妻失去贞洁。

同样，无钱寸步难行、遭人白眼，无钱使得自己走投无路。如果说以前，吴宽追求金钱，是世俗、是浮华，而现在他在头脑里坚定了卑污的信念。吴宽在头脑里想着发财之道，找宝藏的路走不通了，他还能做什么？

二

吴宽拗不过程琳红，也为了证明自己不是窝囊废，他把程琳红接到武当市。

程琳红长到20岁，只是和吴宽到过县城。吴宽把她接到武当市，但见楼房鳞次栉比，车水马龙，夜晚灯火辉煌，一改山村日出而作、日落而息的生活方式，程琳红倍感兴奋。

吴宽抽空带程琳红逛了商场，给程琳红买了时装，人靠衣裳马靠鞍，时装穿在程琳红身上，她仿佛变了一个人，不再土里土气。

程琳红拿出吴宽给她的聘礼，戴上金戒指、耳环、金项链，她觉得自己和城里人没有什么两样了。刚到城里，男人的眼睛看她都是一扫而过，而现在不少男人盯得她脸发烫，回头率让她感到一点得意，感受到自身的存在价值。

程琳红每天看电视，她最爱看港台言情片，她沉浸在电视人物的生死情节中。

但是时间一长，程琳红感到十分空虚。在乡下，她不停劳作，闲暇时与伙伴聊天，时间不知不觉地过去了。现在呢？程琳红无事可做，城市的新鲜感过去后，她感到十分无聊。

程琳红提出找点事干，这事提醒了吴宽。武当市的出租车生意不好，市交通部门推出“民用中巴车”与公共交通车并行的交通方式，中巴车客运生意很时兴，主干线坐车才一块钱。

以前，吴宽是大老板时，他是不屑于做这种小本生意的，现在生活没有着落，吴宽打起中巴车主意来。据说中巴车生意一天能赚二百元，一个月进账六千元，一年有纯收入七八万元，相当于把一个中巴车的本钱给赚回来了。程琳红在家里无事可做，让她去做中巴车客运挺好的！

吴宽主意已定，他在吃饭的时候，把想法告诉了程琳红。

“琳红，我给你找点事情做，如何？”

“你能帮我找什么事！进厂？”

“我让你当老板！”

“我当老板？”程琳红大为惊讶，眼睛睁得大大的，嘴里的饭差点堵住喉咙。

“是的。”

“我能行吗？”

“我说行，就行。”

程琳红盯着吴宽看。

“我想好了，我贷款买一辆中巴车，让你当老板。干一整年下来，你就能赚七八万。”

“真的？”

“肯定。”

“算命的人说我命好，看来不假。”

吴宽与程琳红吃完饭，两人继续商谈。

吴宽说：“雇用两名司机，两名售票员，轮班倒。司机一个月一千元工资，售票员一个月三百元工资。”

“司机工资这么高，听说车城汽车公司效益不好，工资都扣发，普通职工也就是一千多元。”

“我已经在市场上打听过，司机的工资就这么高。”

“到哪儿找司机和售票员？”

“来武当市打工的司机和售票员多。我想让我侄子根喜当司机、根欢当售票员。根喜的驾驶证是我找人买的，现在会开车了，售票员用自己人放心。”

“还要找一名司机和一名售票员，我表妹梅梅如何？”

“梅梅不行，她不知道这里的地形与方位，连乘客说的下客站点都不知道，不知道收多少钱；还有，她不会说普通话。”

“我当售票员，如何？”

“你不行，你和梅梅一样。”

“我比她强！”

“我再请一名司机与售票员，你要是愿意的话，你就跟车，一方面作托儿，给人在坐车的假象；另外，你可以学习售票员如何卖票。”

“我还要学？”

“是的。”

吴宽说干就干，他自己还有点钱，借两个侄子一部分钱，贷款一部分钱，买了一辆中巴车，随后吴宽到市运输管理处办理营运手续。

吴宽的中巴车正式营运，程琳红跟车，一方面是监督，一方面学习当售票员。

程琳红学售票员吆喝：“到火车站、到火车站、有座位！”

程琳红就是喊不出专业售票员那种韵味，声音也显得小。她在车上坐的时间长了，就头昏，车到哪里，她根本不清楚。

程琳红心想：不服吴宽不行，就让售票员卖票算了。车上安排一个自己人，司机与售票员相互监督，不让他们私下分钱，就放心了。

三

这几年，吴宽又迷上了买彩票，他买了电脑，天天在网上算命、排八字、测手气。程琳红辛辛苦苦地赚钱，吴宽成天取钱去彩票站买彩票。程琳红和他吵，他辩解说，中巴车是他买的。

一天，程琳红很早就回家了。

吴宽问："今天怎么这么早下班？"

"中巴车停运了，中巴车老板集体找政府谈判，司机也罢工了。"

"怎么啦？"

"运管处发了一个文件，要拍卖T牌，也就是拍卖经营权，一个T牌底价十万，竞价拍卖。不买T牌，不准中巴车上路。"

"我们就去竞价，买T牌呗。"

"说得轻巧，我赚的钱，你都拿去买彩票了。哪里有钱买T牌？"

"我没有拿那么多，每天就拿一百元。"

"每天何止拿一百元，再说，中巴车每天能赚多少？"

"前年赚的钱呢？"

"你还好意思说，你听信战友的话，到重庆找工作，被骗入传销窝点。为了解救你，前前后后花了多少钱？还有，你宝贝女儿每年花你多少钱？"

"我中过奖啊。"

"你中的都是小奖，最大的奖上百元，而你每年花多少钱买彩票呢？彩票站最喜欢你这样的人，你喂肥了他们。"

吴宽猛拍脑袋，“哦，你提醒我了，中巴车生意做不下去，就把车卖了，我自己办彩票站”。

程琳红也没有办法，只好听吴宽的话，卖了中巴车。吴宽在市中心区域租赁门面，适当装修，买了电脑，办了手续，开了彩票站。

四

吴宽开了两年彩票站，赚不了大钱。眼红别人发财，他参与网络赌球活动，欠了债。吴宽现在有三怕：一怕债主追债，二怕黑道人物，三怕警察。为躲债“跑路”，吴宽坐上了武当市到西安的火车。

从武当市到西安，没有直达火车，有两条线路，一条往东，经襄阳、洛阳，过潼关，到西安；另外一条往西，经安康市，转阳平关，往宝鸡，再转西安。

吴宽坐上了到安康方向的车，车上人多，连站立都困难，吴宽挤到列车中部的餐车，用高价买了一个茶座坐下。

吴宽望着窗外，满眼都是高山，矮小的树与岩石一晃而过。列车在轰鸣声中穿过一个个隧道，吴宽起初想数一数通过了多少隧道，后来实在坚持不下去了。吴宽喟叹：在茫茫大山中，农民在狭小的山崖里耕种，世界飞速发展，而这些地方何时才能摆脱贫困？

吴宽在安康下车，吃了中餐。之后从安康到西安，因为是起点站，吴宽买到了座位。火车到了汉中，广播员介绍汉中市的历史与现状，这里曾经是刘邦被封汉王的地方，刘邦从这里起兵，与楚霸王项羽争天下；汉中也是诸葛亮安营扎寨的地方，诸葛亮一生谨慎，成亦谨慎，败亦谨慎。吴宽这次往外考察，结果如何？

火车继续往前行驶，车轮撞击铁轨发出有节奏的声音，夜幕笼罩群山，车厢里的人进入梦乡，有人打呼噜，吴宽心绪不宁睡不着，回忆着十多年的生活：下海前，家庭稳定，老婆孩子灿烂的笑容解除自己的疲乏；偶尔有烦恼，约几个同事喝酒聊天，也能打发时光。下海经商，丢了老婆孩子，失去了工作。炒股失败，和程琳红结婚，今后咋办？五十多岁了，是安于现状，还起一搏？

天亮了，列车过了秦岭，宝鸡车站到了。宝鸡市，就是秦汉时期的陈仓，汉高祖刘邦依靠韩信明修栈道，暗度陈仓，夺取了关中平原，进而得到天下。吴宽在年轻时当兵、复员、考工农兵大学，那时的宏愿就是走出贫困，愿望能实现吗？

火车继续前行，蔡家坡、兴平、武功、咸阳，窗外是一马平川，农民劳作，生意人用拖拉机拉货。这平静的秦川是中国几千年文化的沉淀之地，曾经战乱纷纷、血流成河、群雄竞起。

西安古城墙横在眼前，秦代的砖瓦、唐代的楼阁、明代的女墙，吴宽仿佛穿越回到古代。

西安车站到了，站前广场并不宽阔，倒是唐代的城墙把西安车站衬托得古色古香。广场有出租车，向吴宽招揽生意，吴宽也不知道到哪里去，拒绝了出租车司机。

吴宽买了一份西安交通地图，往汽车站方向走过去。有一个女人拦住吴宽，“疤，要不要女娃玩？”

吴宽没有吱声，继续走，那名妇女眠他。

“不是我和你，是我帮你找女娃。”

吴宽站立，眼睛瞪她。吴宽怕上当，人生地不熟。

那名妇女骂道："瓜蛋！不情愿，算逑，瞪眼干什么？"吴宽摆脱那名妇女，吸了一支烟，他想：先找一个旅馆住下，再寻找发展机会。

第十六章　吴宽走入歧途

一

吴宽在西安北郊一菜场附近租了一个农房，房东是一个农妇，看起来很和善的样子。农妇的子女都有工作，她靠出租房子度日。

吴宽对农妇的房子挺满意，吴宽有自己的打算，自己的本钱不大，在西安发展事业，必须有不受打扰的据点。

穷途末路的吴宽加入了火车站附近的拐卖妇女团伙，吴宽在市场上盘下一个理发店，以理发店为招牌掩盖真相，把理发店作为拐卖妇女的据点。吴宽已经变态了，他心里想：妇女的身价是难以估量的，她们一旦被当作商品，可以说是摇钱树。

拐卖妇女团伙派了一个名叫郑悦的少妇做吴宽的属下，吴宽把郑悦接到农房，农房附近的路全是泥泞，郑悦的身上溅满了泥，皮鞋成了泥鞋。

“你住在这里？”

“你失望了。”

郑悦笑了：“你有自己的打算吧。”

“真聪明。”

“你为啥不让你老婆来？”

“她太年轻。”

“不对吧。”

“是的，年轻。”

“你没有说真话，你怕把她拉下水。”

吴宽不置可否。

“我让你当老板。”

“当什么老板？”

“鞭店老板。”

郑悦一脸鄙夷之色，“这还算老板？你骗我”。

“你不知道吧，我是把理发店作为掩护，将来想法把招揽的妇女吸引在这里，然后转手倒卖出去。”

“怎么招揽她们？”

“头儿还说你是老手，你傻啊。你就说招工，一些没有工作的女孩能不上你的圈套？”

郑悦拍了拍吴宽的肩膀，“好样的，真有你的，总有一天，你会成为我们圈子的老大。”

“会有那一天吗？”

“会吗？”

“肯定！”

吴宽与郑悦沆瀣一气，他们对外招聘了两个理发员，开始正式营业，理发店正常对外营业，业务有美容、美发、按摩等。

一天，一个西装革履的先生漫步而来。

“小姐，租钟点吗？”

两位理发员莫名其妙，“什么租钟点？”

郑悦不失时机地从内室出来，“先生，请里面坐”。

先生对郑悦不感兴趣，他看中了年轻一点的小秦。

“我找这位小姐。”

郑悦问：“秦小姐，你愿意吗？”

小秦不懂租钟点的意思，站在那里不动身。

那位先生发话了：“请给我一个面子。”先生给小秦四百元。

郑悦怂恿小秦：“这位先生不会把你吃掉。”

小秦坐着先生的轿车走了，过了一会儿，小秦回来，把郑悦大骂一通：“不要脸的货，你逼良为娼。”

郑悦也不是好惹的，“谁叫你收别人的钱？”

小秦说：“你要愿意，你自己去应付那货。”说完，扬长而去。

郑悦没有办法，只好自己出马。

二

程琳红到了西安，吴宽先把她接到小饭馆，吴宽点了菜，给程琳红点了一听饮料，自己要来一瓶汉斯啤酒。

“你咋来西安了？”

“你自己跑了，那些人天天找我要债，我为什么不躲过来？”吴宽催促服务员，“服务员，虹菜。”

菜上桌了，吴宽说：“吃吧，西安面食多，我哪天请你吃羊肉泡馍、胡辣汤、包子。”

“我娘家也吃面食。”

“哎，人家的品种才叫多，光面条一项，就有二十几种，什么扯面、油泼面、拉面、臊子面……面食风味也好。西安事变时，张学良请蒋介石吃羊肉泡馍。”

程琳红嗔道：“你咋不早点请我来西安，自私，只顾自己享受。”

“我刚安顿好。”

两人吃罢饭，吴宽带程琳红到自己租住的农房，程琳红很惊讶，“你住在这里？”

“出门在外，别嫌弃了。”

多少天不见，程琳红对吴宽爱意横生，她主动投入到吴宽的怀抱，吴宽对程琳红早就厌倦了，他只是应付程琳红。

“你不想要儿子了？”

程琳红的这句话倒是说到吴宽的心坎上，吴宽确实想要一个儿子，他前妻给他生了一个女儿，何况这个女儿球了他前妻。

吴宽说：“谁叫你肚皮不争气。”

程琳红故意生气地说：“你还好意思说，你一年能到我身边几次？”

吴宽带程琳红在西安市玩了几天，就把程琳红扔到租住地。程琳红纠缠吴宽，吴宽就说：“有生意。”

吴宽最近确实很忙，没有找到合适的作案对象。

吴宽让郑悦训练理发师，但那些理发师走了一茬又一茬，很少合吴宽的心意。

程琳红吵闹着要到吴宽工作的地方，吴宽心想：“她会知道我的秘密吗？”

吴宽引程琳红到理发店，程琳红听到内室有拍打身体的声音。

吴宽把程琳红按在一个理发椅上，“坐下，给你美发，见识一下我们鞭店的水平”。

程琳红看着镜子里面的自己，头发确实长了，吴宽说："免费给你理发。"

吴宽招呼一个理发员："小林，帮着理发。"

小林过来了。

"拿出最好的手艺。"

理发员把程琳红的头发服侍完，内室里面的男人早走了。吴宽把程琳红领到内室，吴宽介绍说："郑悦。"

"这是我老婆。"

郑悦知道程琳红到西安了，轻没有见过。

"你老婆好年轻！"

程琳红凭女性的敏感，觉得内室有一股怪味。

程琳红盯了郑悦一眼，"你好！"

郑悦说："吴夫人，你什么时候到西安的？"

"已经十天了。"

"还习惯吗？"

"不习惯，吃不惯面食。"

"南方人刚到西安，都不习惯。"

"郑小姐什么时候到理发店的？"程琳红有点怀疑郑悦，觉得吴宽和郑悦早球识。

吴宽插话："我在西安发招聘广告，她到我店里来之后，我们认识的。"

谈了半小时的话后，吴宽请程琳红、郑悦喝酒。程琳红观察吴宽与郑悦举手投足、一笑一颦的细小动作，敏锐察觉到了他们俩关系不一般。

餐馆里，郑悦频频给程琳红程琳红一开始拒绝喝酒，后来经不住吴宽的劝说，端杯喝酒了。

吴宽与郑悦把程琳红扶回租住地，程琳红头昏脑涨，水泥房顶和床铺在眼前晃，她呕吐一阵子后睡着了。

第二天，程琳红醒了，吴宽与郑悦都不在，程琳红揉揉眼睛，她觉得昨晚做了怪梦，吴宽与郑悦在她身边鬼混，程琳红不知道自己的梦是真是假。

三

吴宽染上了毒瘾，每当毒瘾发作时，就好像千万条蚂蚁在身上爬行，吞噬着他的神经、血管、骨髓。

吴宽是在西安火车站附近的一个小店染上毒瘾的，那是一个略有姿色的妇女，她递给吴宽一支烟，“先抽完这支烟，休息一会儿……”

那妇女向吴宽抛媚眼，玉手递给吴宽烟，在吴宽手心碰，弄的吴宽心猿意马，吴宽抽了那只烟，从此一发不可收拾。

吴宽从吸食鸦片、海洛因，到注射吗啡、可卡因等毒品，他的毒瘾越来越大，为吸毒所花的钱越来越多，人也变得更加贪婪。

吴宽染上毒瘾，程琳红变成吴宽实施虐待的对象，程琳红稍微不如他的意，吴宽就打。

一天中午，吴宽带来两个十七八岁的姑娘，吴宽对程琳红说：“琳红，这是我们老家来的人，到我们店里来工作，你要待她们虹点。”

吴宽扔下一句话就走了，程琳红听说她俩是自己的同乡，心里暗暗高兴。

程琳红用老家话问："你们吃饭了吗？"

其中一个胆子大一点的女子回答："吴老板已经请我们吃了。"

程琳红又问："你们是哪个县的？"

"郧县。"

"哦，真是老乡。"

看两位女子有倦怠之色，程琳红让她俩洗脸，之后上床休息。

第二天，吴宽让程琳红领两位女子到西安逛逛街，程琳红问："你准备让她们做什么？"

"到理发店工作。"

"理发店缺人吗？"

"要的人多。"

"学美发美容，用得着到西安？"

"傻帽，大城市的手艺肯定比武当市要强很多。"

程琳红带两位女子逛钟楼、东大街，两女子面对车水马龙与古城西安的商店、服饰、景点，就像刘姥姥进大观园，格外高兴。

"你们叫什么名字？"

"于小红""荣玲花"。

"西安好吗？"

"很好！"

"吴师傅没有骗你们吧？"

"吴师傅是好人。"

过了两天，两位女子到吴宽的理发店去工作了。

晚上，于小红回房间，她不吃不喝，蒙头大睡。

程琳红问："你咋啦？"

于小红不应。

程琳红问了几遍，于小红嘤嘤地哭了。

"你哭什么？"

"我干不了理发店的工作。"

程琳红仿佛理解于小红的心思，她劝于小红，"万事开头难，慢慢适应了"。

程琳红正劝说于小红的时候，荣玲花回来了，她的眼睛肿得像核桃，她肯定是哭成这样的。

程琳红关切地问："玲花，你咋啦？"

荣玲花是那种有心眼的女孩，她一句话没有说，就睡了。

程琳红想："她俩都不把我当成自己人，所以不说真话。"

有一天，吴宽喝得醉醺醺的回来了，他吆喝程琳红："臭婕子，快给老子端水。"

程琳红给吴宽趾一杯开水。

"当家的，我问你一件事。"

"什么事？"

"于小红与荣玲花咋啦？"

"别提这两个臭婕子，一提起她们，我心里就有气。"

"怎么啦？"

"我让她们伺候客人，她们不干。我养着她们干什么？咋能不让老子来气？"

吴宽给程琳红一脚，"以后少提她俩"。

程琳红听了吴宽的话，对于小红与荣玲花更加不放心了。

"吴宽肯定没有干什么好事！"

程琳红想："我去理发店看看，吴宽到底在捣什么鬼。"

程琳红走到理发店，理发店内室房门紧闭，程琳红想：“奇怪，这是怎么回事？”程琳红凑近门缝，听到里面有争斗声音和喘气声。

程琳红敲门，里面传来“救命”的声音。

程琳红继续敲门，里面的声音停下来，显得十分寂静。程琳红想：“出事了，那个窃贼肯定把那个女子的嘴巴堵住，不让出声音。”电视里经常出现的镜头给程琳红一个合理的推断。

程琳红继续敲门，没有人回应。

程琳红假意离开，看什么反应，她故意用皮鞋在地上踏出人已经离开的声音，然后轻轻地折回理发店。

门开了一点缝，程琳红猛地推门，差点把吴宽撞倒。吴宽穿着内衣，头发显得凌乱不堪，脸上有被抓破的血痕。程琳红进门，吴宽显得尴尬。于小红衣衫不整，嘤嘤地哭。程琳红一看，什么都明白了。

“吴宽，你干的好事！”

吴宽赶紧穿上衣服跑出门。

四

吴宽患了严重的神经官能症，每晚失眠，白天神志恍惚，腰酸背痛，他的毒瘾更大了，他也想戒毒，但是控制不了自己。

吴宽毒瘾发作时，会预感灾祸临头。每当这个时候，他就会想到自己的亲人，吴宽的父母已经去世，他有前妻和女儿，她们都在千里之外，于是他想到程琳红。

程琳红刚做了人流手术，医生说程琳红染上淋病病菌，不得不手术。

吴宽时常想："我要不在外面鬼混，程琳红给我生一个儿子多好。"但是世界上没有后悔药。

吴宽在遐想时，一个小喽啰进入吴宽的租住地，报告他的工作。

"宽哥，事情办妥了。"

"没有人发现吧？"

"宽哥，我办事你放心。"

"这年头，小心谨慎为好。"

"是，宽哥说得不错。"

"钱呢？"

"在兴。"

"只有这几个子儿。"

"宽哥，我没有骗你。还是陕北的，买主是小煤窑的老板，挺有钱，给傻儿子买媳妇。"

"哦，下去吧。"

小喽啰走了，吴宽又数了几次钞票，满意地早早入睡。

程琳红偷听到吴宽与小喽啰的对话，自从上次无意中抓住吴宽企图强奸于小红的把柄后，吴宽开始防范程琳红，而程琳红对吴宽也多了一个心眼。

有一天，程琳红去房东那里取信件，她对房东老太太很好，经常小恩小惠，还带老太太去看病，因此老太太把程琳红当成亲闺女看待。

程琳红收到一封寄信地址不详的信，邮戳是陕北某地的。程琳红在陕北没有亲人也没有朋友，她觉得十分蹊跷。

程琳红读完于小红的信，头皮一阵发麻，手不停颤抖，房东老太太见程琳红两眼发直，扶她坐下，并给她喝开水，程琳红才慢慢地缓过劲来。

“啥事把你吓成这样？”

“没事，”程琳红赫道，“您在家，我走了。”

“慢走！”

程琳红怀里揣着于小红的信，信上的每一个字都刺痛着她的心。失去于小红与荣玲花消息有半年了，她曾经问过吴宽，而丈夫说：“她们两个不适应这里的环境，已经回老家了。”

程琳红想：丈夫背着自己干尽坏事，不知道还会做什么。她越想越怕。

程琳红独自走到公园僻静处，孤零零地坐在长凳上，思考着如何解救于小红和荣玲花。“只有向公安局告发，但这样会使吴宽坐牢，他毕竟是自己的丈夫，妻子告丈夫，不太好吧！”她左思右想，恨自己没办法解救于小红和荣玲花。

吴宽狡诈、狰狞的脸浮现在她面前，他仿佛不再是她丈夫，而是流氓恶棍。必须救于小红和荣玲花，程琳红做出决断，否则，自己有一天也会被丈夫卖掉，沦落到于小红和荣玲花的下场。

程琳红经过反复的思想斗争后，毅然走进西安市公安局的大门。

公安局的同志看完信件，询问有关问题后，向程琳红伸出热情的手。

“程琳红同志，谢谢你给我们提供线索。我们已经掌握了一些情况，于小红和荣玲花失踪后，武当市公安局发来协查通报，我们加大调查力度，苦于没有线索，一直没有头绪。你转过来的信很重要，反映的情况很及时。但是，你是否知道犯罪团伙的落脚点。”

程琳红已经下定决心，她断然决定大义灭亲，便痛快地说出了吴宽的住所。

程琳红提供吴宽的线索后，西安市公安局与武当市公安局通力合作，迅速破获了吴宽参与的拐卖人口大案。

那是一个炎热的下午，公安局的同志们冲进吴宽的理发店，吴宽正躺在内室小床上吸毒，一副冰冷的手铐铐到了吴宽的手上。

“我犯了什么罪？”吴宽不服气地问。

“你涉嫌拐卖人口、吸毒、强奸及强迫妇女卖淫。”刑警出示证件和拘留证明。

吴宽像放掉气体的气球一下子瘪了下去，他想：“这下，我彻底完蛋了。”

他低下了头，被警察带走。

第十七章　谁家欢乐谁家愁

一

陈时因为高血压住院了。最近太累了，正好休养一段时间。

一天，陈时的女儿兰娟领着一个夹着保险公司公文包的女孩来看望陈时。两人刚在病床边坐下，兰娟就介绍说："爸，这是我的同学李淑萍，是人寿保险公司的。"

李淑萍甜甜地说："伯伯好！"

兰娟说："爸，我想参加人寿保险推销。"

李淑萍的小嘴滔滔不绝地介绍了一大堆保险术语、保险计算公式，大意是投了人寿保险有百利而无一害。不仅得到储蓄价值，还有保险作用。

陈时身体虚弱，他静静地听着。

兰娟见陈时不说话，她说："爸，你不知道，现在搞保险推销的和投保的人比玩股票的人多得多。"

李淑萍说："玩股票有风险，搞保险则无风险，先投入先得利。你们家每个人投一份保险，兰娟就能升为业务经理了，每个月就有固定工资和绩效奖励，多划算。"

陈时说："等我想一想再说，你们先回去。"

李淑萍起身先走，“伯伯，我不打扰了，我先走了”。

等李淑萍走后，兰娟说：“爸，你看咋样？培训费五百、资料费五百、押金两千元，每个人投一份保险。”

陈时心想：“这些人真浮躁。”可转念又想：“我当年不是一样要辞职下海吗？”

陈时问：“你干保险干什么？汉十高速公路通了，行明做客运生意跡不错，你们也赚了不少吧？”

兰娟说：“他是他，我是我。我做工人，累死累活的，我不甘心。”

“谁叫你当年不好好读书的。让我想想，再说。”

第二天，兰娟屏了。

“爸，我给你买了摇摆机，等你出院后，每天摇摆，胜过跑步晨练，包你健康长寿！”

“摇摆机，听说是传销产品。”

“不是传销，是直销。我为您买了一台，价值三千九百元。”

“这不是传销吗？不能搞传销。”

“爸，我是推销产品。传销是发展人头。”

“差不多性质。”

“当然有差别。”

陈时严肃地对兰娟说：“兰娟，你不要去推销这个产品、那个产品了。等我身体好了，我给你找一个合适的生意去做。”

兰娟高兴地笑了，“谢谢爸”。

陈时说：“这就对了。”

陈时住在医院，临床一个小伙子有先天性心脏病，情绪低落。住在病房时间久了，两人熟悉了，经常在一起讨论人生。

小伙子问：“人为什么活着？”

“人活着有三个目的：第一是为了生存，也就是为了活着而活着；第二是为了种的延续，也就是传宗接代；第三是为了发展而活着，人要有一个奋斗目标，干一番事业，求得社会尊重。”

“自杀是不是不好？”

小伙子有自杀倾向吗？陈时怀疑。

陈时答：“自杀对个体是一种解脱，但给活着的人带来痛苦，是一种对自己不负责任的行为。”

“人在社会上是不平等的？”

“除了出生和死亡，赤条条来，干干净净去，这两种情况是公平的，其他时间，是达不到绝对公平的。”

“为什么要有宗教？”

“宗教是人摆脱痛苦的一种方式。”

“您信仰宗教吗？”

“是的。”

“您信仰哪种宗教？”

“基督教鼓吹信仰上帝，人人平等，鼓励人战胜困难，但它的原罪学说，没有根据；佛教认为人生都是苦难，有缘起论、因果说，都有一些糟粕。我喜欢把佛教与道教的教义糅合起来。”

“我喜欢佛教，佛教主张AA善，清心寡欲。”

“善因得善果。”

“您说寺庙为什么要设置等级，为什么要人供奉金钱？”

“寺庙设置等级，便于管理。至于金钱供奉，是有一些寺庙违规。”

在陈时的劝说下，小伙子的心情变得平静，人也变得开朗多了。

又过了几天，张雅芝和兰娟接陈时出院了。

张雅芝已经退休了，在家里做家务。

陈时和她谈起兰娟。

“兰娟要搞推销，可别被卷进传销了。”

“是啊。”

“你说怎么办？”

“你五十岁了，要那么多钱干什么？你想个什么办法，把她安排进你的公司。”

“雅芝，我考虑一个方案，你也帮我想想。我计划开一家超市，现在人们的生活水平提高了，开超市应该能盈利。你和兰娟一起做。”

“好事。解决兰娟的问题，我也不再是闲人了，你不知道啊，闲在家里多无聊。”张雅芝笑得很开心。

两人说定后，陈时投资开了一个中型超市。

兰娟的再就业问题解决了，陈时松了一口气。陈时难得地出去散步，夕阳西下，好一幅美丽画卷，陈时赋诗一首：

放慢脚步看夕阳

落日余晖是那么绚烂，
晒出金光洒在平坦的绿草坪上，
我忍不住放慢脚步细看，
掏出相机想留住它的美丽光彩。
汽笛声惊起一对小鸟，
从树枝丫起飞，
在天空中掠过，
勾画出美丽的倩影。

天地玄黄，

太阳夕落朝升，

生命轮回，花开花落，

宠辱不惊盼朝阳。

二

刘深沉的母亲去世了，生离死别的痛苦使他认识到亲情的可贵。人活在世界上，一味地关注自己的人最终也得不到真正的幸福。

这些天，刘深沉想明白一个道理：儒家的哲理要一分为二地看。“三纲五常”机械地要求儿子臣服父亲、臣子服从君主、妻子服从丈夫，顚由丧失个AA格、排斥个人利益等缺点；但是儒家的核心理念是“仁”，仁就是爱人。刘深沉检讨自己过去的行为，一味追求功利，只顾个人利益，有不对的地方。

刘深沉想接父亲刘志成到家里来住，刘志成离休了，不缺钱花，不少衣穿，但是独住一栋空房，很寂寞。面对亲人的亡灵，饭吃不下，觉睡不香。老人还有高血压、心肌炎。刘深沉把自己的意愿向高雪莹表达了，想不到高雪莹一口拒绝。

“我快要生了，我爸妈要来照顾我。”

“我们的房子这么宽敞，多一个人住，又怎么啦？”

“你爸一个人住三室两厅的房子，又不是没有房子住。”

“他有病，一个人住不方便。”

“让他住你妹妹家去。”

“俗话说，嫁出去的女儿，泼出去的水。”

“找个保姆，或者给他再找一个老伴儿。”

刘深沉冒火了，让父亲再娶的想法，简直是对刚逝世的母亲的亵渎。

“我就是要让我父亲来住！”

“你敢？！”

高雪莹杏眼圆睁。

“今后，你爸妈就不需要人管了？”

“到时候，由我哥管。”

“你说得出口。”

正当他俩争吵升级时，电话铃响了。

“喂。”

“哥，不得了啦！爸晕倒了，我们正往医院送，你赶紧到市中心医院。”

“好！”

刘深沉心急火燎地赶到市中心医院的急诊部，刘深沉的妹妹刘蜓和妹夫张勇正在等他。

“什么病？”

“还不知道，结果没有出来。”

三个人都不吱声，刘深沉在走廊里来回踱步，母亲刚刚去世，他们不想刘志成有个三长两短的。

诊断结果出来了，刘志成得了脑溢血，全身瘫痪，语言与思维出现严重障碍，命保住了，但是要长期治疗与护理。

妹妹和妹夫有工作，脱不开身，刘深沉不得不请了护工照顾父亲。刘志成在医院住了半年多，病情有好转。快出院了，医生说只要加强护理，就有可能恢复。

刘深沉夫妇与妹夫一家在刘深沉家里商量今后照顾父亲的

事情。

刘深沉作为兄长，先说话了："爸生病了，我们这半年都辛苦了。现在爸爸要出院了，我们商量一下他今后的生活起居。"

刘敏捷接茬儿："哥，你说吧，我们听你的。"

"我把咱爸接到我家住，我们请一个保姆来照顾。今后发生的护理费、医药费、伙食费、营养费等，我们两家平均分担。"

高雪莹发话了："老爷子是离休干部，这些费用都能报销的。我们主要讨论咱爸住谁家的问题。"

"不住我们家，住谁家？"

刘敏捷欲言又止，张勇不动声色。

高雪莹说："住你妹妹家，不行吗？"

刘深沉："敏捷有小孩，才一岁多，再说房子小。"

高雪莹反驳："我马上也要生孩子了，我爸爸妈妈要来照顾。再说，男女平等，都要赡养老人！"

刘深沉说："要不这样，轮流住。"

刘敏捷说："好，我同意。"

刘深沉说："好，先到我家住半年，之后，再到你家。"

高雪莹说："抽签吧，抽签公平。"

刘深沉写好字条，兄妹两人抽签，刘深沉抽到了"先住"。

这样，刘深沉把刘志成接到家里照顾，请了一个保姆护理。刘深沉家从两人世界变成四人世界，刘深沉夫妇的衣食住行就不方便了，加上刘志成身体处于半瘫状态，给刘深沉夫妇增加了不少麻烦。上厕所要排队，刘志成难得上厕所，占用时间长，刘志成吃饭掉米粒，说话吐白沫，高雪莹的厌恶之情写在脸上。

不久，高雪莹生小孩了，实在没有人照顾月子，高雪莹把她爸妈接过来。刘志成只好搬到女儿家里住，住了不到两个月，女婿嫌弃，刘深沉只好把刘志成请到刘志成自己家里，请了两个护工护理他。

三

欧阳珍患上了更年期综合征，潮热、盗汗、心悸、失眠。

欧阳珍梦见新来的保姆苗伊，在她的梦里，高剑明爬上了苗伊的床，他俩在床上颠鸾倒凤。又梦见苗伊衣着打扮摩登，身穿性感红衣，高跟鞋把胸前的乳房颠得上下耸动，在客厅晃来晃去。

欧阳珍连续做了几次有关苗伊的梦，有时是深夜、有时是中午。梦里醒来，欧阳珍极力否认高剑明与苗伊有那档子事情，但是多次重复的梦境，使她怀疑。

她回想起来，苗伊是学校放完暑假，大约十点高剑明把苗伊领回来的。

“我给你领回来一个帮忙的女孩子，你看咋样？”

欧阳珍要上班了，以前的保姆不回来了，倒是需要一个，她当时没有往别处想。

“行啊。”欧阳珍看这个女孩五官端正，一双眼睛很理解人的样子。

苗伊做饭很对胃口。

“你在别人家干过？”

“嗯，我 16 岁就出来打工，在别家干过两年。”

欧阳珍回忆不出苗伊对高剑明有什么亲热的举动，挑逗的神态。欧阳珍被梦境折磨，其实，高剑明和苗伊并不是直接联系上的，苗伊是家政公司介绍的。

欧阳珍的疑心病越来越严重，有一天，高剑明出差回家，到浴室洗澡去了。欧阳珍翻看高剑明的行李，看有没有给她的礼物，看到高剑明只是带回来地方特产。

欧阳珍又翻看高剑明的手机，发现手机照片里，有一张高剑明和一个少妇的合影。欧阳珍站起来，真想马上冲进卫生间，指责高剑明。但是她抑制自己的冲动，她气哭了，好一个高剑明，在外面吃雌！

欧阳珍听到浴室里水哗啦啦地响，她就觉得高剑明在毁灭证据，高剑明说不定和那个女人鬼混过。

欧阳珍听说，当官的都有女秘书，是不是高剑明和女秘书出差，开房了？一定是！欧阳珍的思路越来越清晰，自己越来越伤心。

高剑明出来了，在穿衣服。

欧阳珍不等高剑明穿好衣服，跳过去。

"你给我解释清楚，合影是咋回事？"

"什么合影？"

"你手机里的。"

"哦，我们一起出差，别人帮忙照的。"

"就你和她。"

"没有，我们一行五人。"

"为什么你们单独翻？"

"没有什么，别人可能只照了我们两个。你可以看看其他照片，是不是同一个背景里，有其他人。"

高剑明在外面确实和秘书没有做什么出格的事情，但是欧阳珍不相信，无论高剑明怎么解释，欧阳珍都不信。她认定了照片上的少妇和欧阳珍有事情。

“你不信的话，你可以去打听。”

欧阳珍就是不信，“你做了，还不承认？”

欧阳珍和高剑明争吵，惊动了她的母亲，老人怒发冲冠，身子发抖，她食指伸出，指着高剑明，“你这个没有良心的东西，你怎么能做出对不起我珍珍的事情？”

高剑明确实没有在外面做过头的事情，他和女秘书是清白的，他心里点燃了一股怒火，高剑明躺在沙发上，等老人数落得差不多了，他说了一句：“您休息去吧，我们两口子的事情，我们自己解决。”

老人气咻咻地走了。

欧阳珍想着，也许真的冤枉高剑明了。

高剑明连续几天晚上不回家吃饭，欧阳珍坐在沙发上，看着家里三个卧室的门关着，家里几口人，每人都有自己的心思，仿佛别人的生活与自己无关，欧阳珍感到人与人沟通困难。

十来天后，家里又发生了争吵。高剑明发现了欧阳珍的小金库。高剑明不管家里的财务，工资收入上缴。一个偶然的机会，高剑明发现欧阳珍给老家寄去的汇款收据，金额四千多元。高剑明多了一个心眼，在家里找到欧阳珍的私自存款。

高剑明质问欧阳珍，“你私下存款，干什么？”

欧阳珍反应快，“我只不过没有告诉你，还不是共同财产吗？！”

“你给老家寄的钱，是怎么回事？”

欧阳珍的秘密被发现，脸红了，“这是我给侄女寄的”。

“你明面上寄一份，暗地里还寄！”

“我怕你不同意啊。”

“你以前一直寄钱，都瞒我。”

“寄了，又咋样？”欧阳珍心里冒火。

两人吵缺。

欧阳珍的母亲冲过来，她手指高剑明：“你又欺负我闺女。”

“谁欺负她了？”高剑明在气头上。

老人躺在沙发上，大骂。一边骂，一边哭，从孙女命苦、到自己女儿命苦，最后归结为自己命苦。

欧阳珍想：“是因为老人到家里住，还是夫妻关系不牢固？”

欧阳珍独自吞咽着苦涩。

第十八章　人情冷暖

一

这一年，陈时已经是知天命之年。

有高中同学组织同学聚会，陈时一时兴奋，写下一首小诗：

《岁月无痕同学情长》

岁月是杯冷酒，
喝的越多，
发酵，
心里越发烫。
同学是种缘分，
思念越深，
执着，
情谊越悠长。

同学聚会的时间快到了，陈时特地提前两天到了老家。这些年忙于经商，确实很少回老家看望家乡父老了。陈时终于回到故乡，尽管外面发生了惊天的变化，家乡却还是老样子。

《回乡偶感》

走在乡间的小路上，
迈向老屋和曾经就读的学校，
阡陌纵横，骄阳下稻香阵阵。
老乡推着板车，
延续着千年的生产方式。
路过荷塘，开着红红的荷花，
绿色中惊飞一只白鸟。
记得村边的小河，
曾与发小游泳。
儿时的启蒙老师尚在，
相见时喜悦中含泪。
从嘈杂的城市返乡，
本想却乡愁，
更添几分忧伤。

《花蝴蝶》

城市的、城市的太阳帽，
我的脸镀上金；
儿时的、儿时的花蝴蝶，
我的脑袋里烙着深印。
她栖在一株花上，
眼睛盯着我，
漆黑的翅膀，
泼上去金黄色的图案。
我轻轻地走上去，

让她轻吻我的手，

像儿时那样。

她颤动一下翅膀，

飞跑了，

也许我的手白净了，

她只认识我儿时的粗糙的、有泥土气味的手。

陈时一个人先到了母校，再次走进校园让他百感交集，“××高中”四个大字闪闪发光。当年晨读时的小树长大了，阳光洒下浓郁的荫凉；青砖绿瓦早换成高楼学舍，芳草萋萋掩映着学子矫健的身影，昔日的辉煌延伸了今日的繁荣。

终于到了聚会的时刻，陈时与昔日的老师、同学相聚一堂。

《久别重逢》

高中毕业离别后重逢，

从天南地北聚集在一起，

你和我的双手紧握，

这是三十多年的等待，

这是隐藏在心底的呼唤，

道不尽施L此的相思，

述不完相互的珍重。

师生共聚大堂，

互敬一杯酒，

喝不尽师恩似海，

饮不完同学重情；

都说一生情一杯酒，

千言万语燃烧在心中。

夜幕下

空气中弥漫着酒香，

女同学还是那样妩媚动人，

男同学仍然那么英姿勃发；

酒后吐真言：手上的情书没有递给她（他），

悠悠岁月难回首，

唯愿快乐青睐她（他）。

二

这两年，刘深沉做生意时来运转，因为国家把房地产作为支柱产业来发展，他原先在市东郊的房地产项目一下子火起来，期房全部卖完了，他还计划在市中心策划新的房地产项目。

人常说，有得必有失，刘深沉生意场上得意，情场失意。

高雪莹婚后好像变了一个人，令刘深沉一点都无法理解和认同了。婚前，高雪莹表现得温柔体贴，一副小鸟依人的样子；婚后变得斤斤计较，她不是那种简单粗暴的做派，而是处处充满算计，每天好像都在搞阴谋诡计，让刘深沉防不胜防。

曾经有人这样说过：女人是一本书，男人一辈子都难读懂，她有时是一只狐狸，狡猾，妩媚动人；有时是一只老虎，凶恶，残暴。

高雪莹自从结婚后，就想从刘深沉那里得到财产，补偿给娘家人，她的父母啊、兄弟啊，她觉得生活都亏欠他们了，她要从婚姻里得到实惠，补偿给他们，反正刘深沉从小生活在蜜罐里，“官二代”的日子过得太美好。她也不想想，自己穿金戴银的生活是谁给她的？！

高雪莹控制着刘深沉公司的财务，把钱管得死死的。刘深沉一开始觉得高雪莹情达理的人，而且还给他生了个儿子，所以放任高雪莹，没有想到，没有了财权，就失去了财务自由。

高雪莹给她弟弟买了一辆轿车，又出钱让她弟弟开了一个公司，但是她弟弟不是做生意的料，生意亏得一塌糊涂。

夏天，刘深沉的父亲刘志成去世了，又引起一场风波。

刚办完父亲的丧事，刘深沉还沉浸在悲痛中，高雪莹就提出刘志成遗产分配的问题。

刘深沉说：“这件事，过一段时间再说。”

高雪莹说：“过多长时间？你不惦记遗产，你妹妹惦记啊！”

“我爸没有立遗嘱，遗产按照法定继承办。”

“什么法定继承？嫁出去的女儿，泼出去的水，你妹妹还有脸分财产？”

“我妹妹生活不如意，我们的生意这么大，财产多，你还在意我爸的那点遗产？”

“我为什么不在意？咱爸有房子，还有存款。”

“那就一家一半。”

“什么？你脑融水了！”

“我爸生病，要赡养时，你说子女都有义务；现在要分钱，你又说没有他们的份儿。”

“好啊！你站在谁的立场上说话？你居然偏向你妹妹！”

“你以为他们傻啊，他们上网一查法律法规，他们就懂了如何分配遗产。”

因为刘深沉不按照高雪莹的想法分遗产，家里陷入冷战状态。

三

周末，欧阳珍难得好心情，在家里做饭。小保姆催她接电话："阿姨，你的电话，说有要紧公事。"

"一刻也不得闲。"欧阳珍心里不痛快。

"喂，您好！"

"你好！我是保卫处的，你学院一位女生从教学楼上摔死了。"听说出了这样的事情，欧阳珍赶紧往外走。欧阳珍从学校工会转任二级学院党总支书记，学生出事，她的责任不轻。

欧阳珍气喘吁吁来到教学楼现场，现场已经被保护起来，拉了警戒线。这是一片向阳的草坪，绿色草坪上染着一滩鲜血，给人心有余悸的感觉。

因为女生被送到市医院，欧阳珍又赶到医院，欧阳珍跑到急诊室，她前言不搭后语，等她讲完话，护士说："你找的是车城大学的一个女生吧？"

"是的。"

"她已经被送到太平间了。"

在太平间那栋楼，气氛压抑，男人们抽烟，不吱声；有女人瓶，不知道哭谁。

学校当即打电话联系学生家长，为了避免刺激家长，说她家的女儿生重病。

欧阳珍询问学院主管学生思想政治工作的副书记："小李，

怎么回事？”

李副书记36岁，戴一副金丝边眼镜，“她从七层楼摔下来，值班人员正在门外转悠，听见惨叫声，发现她摔在地上，马上打电话给急救中心，但是已经晚了”。

第二天，在办公室，李副书记向欧阳珍交代了死者生前的一个情况。

小李说：“也许是我害了她，我早些做点工作也许不会出这档子事情。”

“怎么回事？”

“一个星期前，有一个30多岁的妇女找到我办公室，我接待了她。她让我救救她，她拿出死者与一个男子的一叠照片，说照片上的男人是她丈夫。她哭诉我们的学生勾引她丈夫，破坏了她的家庭。”

“有这种事？！”

“我安慰来访者，说一定严惩女学生，她才走了。她走之后，我忘了这件事，没有找女生谈话。要是我早些找她谈话，也许不会出事……”

李副书记充满自责，欧阳珍也不好太指责下属办事不力。学生家长到学校了，他们都是农民，含辛茹苦地培养女儿上大学，等他们知道真相后，女学生的母亲凄厉地大喊一声，然后昏过去了。等泣不成声。

“你们还我女儿！”

“你们还我女儿！”

家长的哭叫声让在场的人心酸，一些女同志留下眼泪。

欧阳珍花了半个多月处理死亡女生的后事，调解家长与学校的纠纷。

学生家长要补偿费，学校发动爱心捐款。

家长不愿意火化遗体，公安部门说要鉴定，时间过得很慢。

家长在招待所住了一个月，公安部门找出了死因。

原来女生是被人推下楼摔死的，犯罪嫌疑人交代了犯罪动机与犯罪过程。

“你为什么要杀她？”

“因为她怀了我的孩子，她要挟我，要我给她一套房子。”

“所以，你就动了杀机。”

“你是怎么作案的？”

“我说带来了钱，把她带到教学大楼七层，然后把她挟持到女厕所，之后把她推下楼，伪装成自杀。”

欧阳珍知道事情真相后，心里痛苦了很长一段时间，人啊人，为了金钱不惜出卖贞操和灵魂，为了金钱不惜铤而走险。

在处理死者遗体停放和火化的过程中，欧阳珍又一次感受到金钱的作用。

在火葬场，穿着白衣、戴着草帽的送行者，稳稳地坐在那里，“今天我们休假”。为了尸体得到善待，欧阳珍又给他送上两条好烟、几瓶酒，家属送了饮料。

火燃烧起来，烟尘向天空飞去，她的灵魂也飞天了，但是留给生者无言的痛苦。

第十九章 反思

一

陈时的生意越做越大，经营的超市变成大型连锁超市。去年他又抓住房地产开发的商机，涉足商业地产项目，赚得盆满钵满。

钱多了，他反而觉得不幸福，因为钱使他的家庭遇到了危机。没有太多钱时，家里风平浪静；钱赚得多了，如何处理这些钱，成为家里的烫手山芋。

他的老婆张雅芝近几年好像变了一个人，以前通情达理，支持陈时的事业。自从她参与陈时的商业活动后，变得强势起来，控制欲极强。

张雅芝是本市老工人的后代，文化水平不高，职业技校毕业后，接母亲的班，进工厂当了机械加工工人。受工厂环境影响，张雅芝心直口快，嗓门大，说话不带弯弯绕。尽管陈时与她的文化差距大，缺多年磨合，相安无事。

张雅芝退休后进了陈时开的超市，也许见过世面，人就变了。

张雅芝穿着打扮变了，以前穿一件工厂制服，回家时满身油腻；现在打扮入时，夏天穿裙子，冬天穿高级毛料大衣；穿金戴银，手上的钻石戒指闪闪发光；脸上涂脂抹粉，从国外进口的品牌化妆品，每年花费不少；办了几家美容店的美容金卡，经常去做面部护理；出入高档健身会所减肥，想要消除小肚子上凸起的肚腩。

因为更年期，张雅芝身体一阵阵潮热、心悸，经常莫名其妙地烦躁。晚上有时很早就睡，半夜三点就醒了；有时又失眠，半夜两点还睡不着。张雅芝和陈时的作息时间不一致，陈时深受其扰。

陈时最难接受张雅芝变本加厉的控制，张雅芝参与陈时的公司管理后，看着财务流水，她就要管理陈时的财务。张雅芝又不懂得经营管理，陈时要投资决策，她就在后面干涉。

陈时说："家里的钱，还不够你花吗？你要那么多钱干什么？"

张雅芝反驳："男人有钱就变坏！你钱多了，养小三。哪家女人不是掌管家庭财务？"

陈时说："我50多岁了，还会折腾这些吗？再说，家庭财务与公司理财是不同的，公司的财务要规范管理，国家有法律规定的。"

"我不管，我又不违法，我管理自家的公司财务。"

"你是会计吗？学过财务管理吗？"

"你小瞧我啊！"

"没有啊！"

"你以为我不知道，上次你们班同学聚会，所有的花费都是你买单。还有，你还想投资慈善事业。"

"是的。我想投资慈善事业。我没有儿子，留那么多的钱，典承？”

“留给女儿，不行？”

“年，女儿女婿嫩也不少了。”

“死脑筋！”

因为张雅芝的要求无法得到满足，她就不理睬陈时了，每天回家也不再做饭洗衣，垃圾袋也不愿意更换一下，有空就躺在床上和她的闺蜜网聊。陈时回家后，张雅芝摔盆打碗，找碴儿吵架。

陈时难得清净，只好把注意力转移到公司的经营管理上，经常出差。

陈时经常劝慰自己，爱情是虚无缥缈的，而婚姻则是坚实可靠的。爱情是一串项链，能观赏、能回味；婚姻则是一台电脑，能储存信息、处理数据，具有多种功能。

一天，天气晴朗，夕阳西下。陈时又到汉水边，看到一棵老树，树龄估肝年，他大发感慨。

《古树》

捻不清岁月了

风风雨雨洗去了我多少血液

缠着藤子

夕阳剪着我枯死的头发

我苍老地拖着自己斜斜的影子

捻不清岁月了

我的爱人是什么时候进入仙境的

她抛下我孤独地守在岸边

自己去庆祝她的节日了

你听

水族喧哗着

它们正在宴饮

捻不清岁月了

我孤单地守着河岸

我该吃着怎样的寿桃

我爱着、深深地爱着我的

爱人和我的土地

我守着我的一腔爱心

二

高雪莹对刘深沉已经没有了什么夫妻感情，她只知道要控制刘深沉的钱。高雪莹说："我不管钱，你那骚娘们李月娥肯定回来要钱。"

"我跟你说过多次，我是上当了，我和她早就两清了。"

"这么多年，刘深沉早就和李月娥断绝来往。刘深沉的父母先后去世，他心灰意冷，他的脾气已经被这几年的人生沧桑给磨下去了。"

刘深沉以为高雪莹只是想为他管理财产，想控制他的钱袋子。谁知道高雪莹早有别的算盘，刘深沉还被蒙在鼓里。高雪莹开豪车，出入高档会所，打高尔夫球；出国旅游，买奢侈品。高雪莹还瞒着刘深沉自已单独开了公司。

刘深沉叮嘱高雪莹："不要把财产放在股市了，把重点放在实业上。"

高雪莹说：“不要你教训我，我经营酒店，可能不如你。我玩股票绝对比你有火气。”

刘深沉无可奈何地说：“还是小心点。”

“别小瞧我。”

有一段时间，高雪莹在股市上赚了钱，洋洋自得。刘深沉力劝高雪莹：“你赶紧抛出资金，搞别的生意，股市存在泡沫，风险大得很。”

“你别管我。”

“这是我的经验。”

“我已经想好了，我把资金转移到期货市场。”

“搞期货？”刘深沉大吃一惊。

“期货市场火爆。”

“期货的风险更大，前几年股市上的暴发户搞期货买卖都亏损了，你要小心一点。”

高雪莹把嘴一撇，无比轻蔑地瞟了刘深沉一眼。她不再理睬刘深沉，掏出手机，纤纤手指在数字键上按，过了一会儿，一个男子的声音传过来，“董事长，有吩咐？”

“把车开到我家楼下。”

“是。”

高雪莹进屋化妆，脸上还有雀斑，她仍然饶有兴致地抹了祛斑霜。她抹口红，涂上指甲油，在身上洒香水。

高雪莹的手机响了，听完电话，高雪莹径直走出房门。

刘深沉听到防盗门猛地一碰，他心里一惊。想当年，高雪莹只是舞场上陪舞的小姐，现在成了阔太太，就神气得不知道自己姓什么了。这个社会，金钱一堆到谁的身上，谁就自我膨胀龄。

“高雪莹，你把我当成发财的跳板了。”人一旦付出了，就不要奢求回报了，想要别人感恩戴德，做梦吧！

刘深沉歪在沙发上，烟雾缭绕，弥漫了房子，也淹没了刘深沉。

三

欧阳珍提着菜篮子去买菜，保姆回老家结婚不回来了。欧阳珍进入农产品自由市场，小菜贩子把菜摊摆在路边，公交车被挤到马路中间行驶。

欧阳珍曾经见过城管脚踢小贩的菜摊，掰断他们的秤杆，很同情他们。但是这些人做生意，影响市场秩序和交通，不管他们也不行。小摊贩与城管捉迷藏，猫走老鼠横行，猫来老鼠逃窜。

鱼摊点有活鲤鱼，把水溅得好远，欧阳珍躲开了。欧阳珍走到鸡摊点，什么仔鸡、土鸡，她茫然不识。几个农妇热情地招揽生意，欧阳珍比较了价格，走进一家摊点，欧阳珍记得几个女同事说起，要摸鸡嗉囊，观看鸡的膀胱处、鸡爪，欧阳珍摸了几只鸡的嗉囊，每只鸡都吃得撑撑的。欧阳珍挑了一只鸡冠红、毛色正的母鸡，让卖鸡的人去宰杀。

欧阳珍站在那里等，她的心又想到别处，我也像母鸡一样老了，母鸡下蛋，最后被吃掉。而我自己呢？我老了啊，50多岁了。

鸡吃得太撑，死前不自然地吃，鸡一定很难受。人是否受环境影响，被迫做一些不得已而为之的事情呢？

下午，欧阳珍和几位邻居打“拖拉机游戏”纸牌，两副纸牌一起打，在山城很流行，比麻将还流行。欧阳珍没有打过这种牌，她拿不住满手的牌，被“桃心梅方”的顺序搞得晕头转向。和欧阳珍对打的女伴不时指责欧阳珍，“手真臭！”

“哎呀，这个牌怎么能打了，明明我没有了，你出对子就拖我的主了。”

“应该知道我的牌桥是什么，不打过来，我的桥全部断了，成了废牌。”

她想：自己不适应的事情，最好不要做。

傍晚，欧阳珍剁着肉馅，若有所悟，剁肉馅就像弹奏人生之歌，有时候行云流水，轻松畅快；有时候像钢铁撞击，遇到激烈斗争似的；有的时候像老牛拖破车，笨重而且疲倦。她想得多，她把思绪糅在肉馅里。

小孩上大学了，老公实在太忙，欧阳珍彳艮寂寞。经朋友介绍，欧阳珍买了一只贵宾犬，小小的，像玩具熊，卷毛，黄褐色。

欧阳珍把这只贵宾犬当自己的儿子养，喂得饱。小狗见到她，活蹦乱跳，摇尾巴，还学会了向她作揖，每天遛弯儿三遍，干干净净的。

一个星期天早上，六点左右，欧阳珍带她的宝贝贵宾犬遛弯儿。突然，一只大个子的狗猛冲过来，骑在贵宾犬身上撕咬，两只犬发出很大的叫声。欧阳珍猝不及防，等她反应过来，打斗结束了。大个子狗被它的主人吆喝，跑开了。

欧阳珍跑过来，蹲在地上，查看贵宾犬的伤情，像对人说话一样：“它咬你哪里啦？”狗不会言语，它也没有哭叫，欧阳珍扒拉贵宾犬的毛，四处察看，没有发现伤情，长舒一口气。

尾声

又过了八年，陈时已经是花甲之年。

国家的经济繁荣昌盛，一片欣欣向荣的景象。

车城大学举办四十周年校庆，学校张灯结彩，喜气洋洋。陈时捐款三百万元，作为学校的奖学金，车城大学聘请陈时为学校的校董，陈时感到十分光荣。

来到学校，陈时自然想起他的老同事，欧阳珍、吴宽、刘深沉、门佐，等等。

利用校庆的间隙，陈时请老同事门佐喝茶叙旧。

门佐早已经退休，年近七十，除了照顾孙辈、享受天伦之乐外，每天打打太极拳、下下棋，小日子过得舒坦，身体还没有什么大病。

陈时说："门兄，我真羡慕你啊！"

门佐调侃道："你是大老板了，听说你捐资助学啊！我羡慕你还来不及呢！"

"别笑话我了。机缘巧合吧！"

陈时真诚地说："我也老了，我倒是挺想念那些老同事的。"

"是啊！越老越怀旧。"

“门兄，你最近听说欧阳珍的情况没有？”

“她妈妈去世了，欧阳珍自己备受打击，身体不好，现在养了几条宠物狗，以狗为伴。”

陈时一阵唏嘘，“我还以为传说是假的”。

门佐说：“你们几个下海创业的，可能就你一个人成功了。”

“这话怎讲？”

“吴宽是你的死对头，他早就坐牢了，这个你是知道的。至于刘深沉，你应该比我清楚他的情况。”

陈时怎能不知道刘深沉的状况？！两年前，高雪莹炒作期货大亏，车城的房价大跌，刘深沉开发的现房卖不出去，期房烂尾，资金链断裂，刘深沉破产了。刘深沉想要跳楼，被特警拉住，这曾经是当年的大新闻。

门佐吸了一口烟，“哎，刘深沉很不幸，据说他和他老婆离婚了，现在是孤家寡人”。

陈时心里黯然，有兔死狐悲之感，老泪都快流出来，喉咙有些哽咽。

门佐说：“学校这些年科研实力大增，杨令虎教授拿到几个国家科研基金项目，好几个年轻人也拿到了重大科研项目，知识的力量开始显现了。”

喝了一小时的茶，陈时加了门佐的微信，两人相约，以后常联系。

两个月后，汉江发生了洪灾，山区有一所小学被摧毁，陈时捐献五百万元给灾区重建小学。

陈时又登上了武当山，站在天柱峰一棵千年老松下，远处的山峰弥漫着白雾，在阳光的照射下分外美丽，也许是山风吹过，湛蓝的天空分外干净。